·VII·

&EMMA KATE

UNA SERIE DI:

GIULIA BEYMAN, FLUMERI & GIACOMETTI,

PAOLA GIANINETTO

L'ULTIMO VERDETTO

FLUMERI & GIACOMETTI

Dovete avere il Caos in voi per partorire una stella danzante.

— FRIEDRICH NIETZSCHE

PROLOGO

Non il sangue ma lo sguardo. Fisso su di lui. Lo sguardo di chi vede compiersi l'opera d'arte suprema. Lo sguardo che gli è sembrato di scorgere ovunque da quando è stato rinchiuso qui dentro, che lo ha perseguitato per tutti questi anni e che ha ritratto in maniera ossessiva, cercando di riprodurne ogni minima sfumatura, ogni istante, prima che gli occhi di lei si chiudessero sul nulla.

Là dove gli altri leggevano stupore, incredulità, paura, Cristiano ha visto altro. La consapevolezza del corpo come forma estrema e assoluta di arte.

Il sangue che colava ovunque dai tagli sulle braccia, sulle gambe, sul torso nudo di lei. Un corpo che conosceva a memoria ma che improvvisamente gli appariva estraneo.

Immagini e pensieri gli si confondono nella mente. Passato e presente si accavallano, si mescolano, senza più nessuna sequenza temporale.

Non ce l'ho la risposta mio amore, mia musa, mio tutto.

Il tormento di quella domanda. Da dieci anni. O sono di

più? Non lo sa. Quello che sa è che il tormento maggiore è non avere una risposta. Neppure adesso che è finita.

Niente risposte e niente più speranze.

Percepisce la consistenza appiccicosa della plastica sul volto sudato. L'ossigeno che si sta esaurendo. Il riflesso condizionato che lo spinge a spalancare la bocca in cerca dell'aria che non c'è.

La lavanderia a quest'ora è deserta, gli altri sono tornati nelle loro celle. Le guardie passeranno solo più tardi per il turno di controllo. Nessuno si accorgerà di niente. Fino a quando non sarà troppo tardi.

E Simona. Quando lo saprà, quando le diranno cosa è successo soffrirà. Soffrirà moltissimo. Un dolore che si aggiunge al resto. Ma che ormai non ha più importanza.

Simi, ti voglio bene.

Nella mente immagini che si sovrappongono, colori violenti, flash. Non è tutta la sua vita che gli sta passando davanti, come dicono che succeda quando stai per morire. Sono i dettagli del corpo martoriato di Michela. Dei suoi occhi chiusi per sempre. Delle innumerevoli ferite che la sfregiano, ingrandite nei particolari delle foto. Del sangue che non è più fonte di vita ma messaggero di morte.

Lo stesso sangue che sgorga da corpi macellati, che disegna danze di morte o di vita, chissà. Corpi allacciati in un groviglio selvaggio. Estasi. Luce e buio.

Sono ricordi o allucinazioni? Non lo sa. Forse è il delirio provocato dall'ipossia. È uno degli ultimi concetti che riesce a mettere a fuoco. I pensieri sono intrappolati in una nebbia densa che li ingloba e li ributta fuori, scollegati.

L'aria si è consumata. I rantoli soffocati, il respiro che si strozza. Cristiano scivola da un lato, poi crolla a terra. È questione di poco ormai. Non ha paura. Non gli importa più di nulla. Spera solo che finisca presto.

Sto venendo da te, amore mio.

CAPITOLO UNO

IL SUONO DI AVVISO SEGNALÒ L'ARRIVO DI UNA NUOVA notifica sul cellulare di Emma Castelli. L'investigatrice, immersa nei suoi pensieri di fronte allo spettacolo del lago al tramonto, sobbalzò. Poi spostò lo sguardo sul telefono. Un altro messaggio di Andrea.

"Perché non rispondi?" lesse.

Perché sto cercando di rimuovere quello che è successo tra noi.

Forse era per questo che non ne aveva fatto cenno a Kate, malgrado la confidenza che ormai si era instaurata fra loro. Non avrebbe dovuto accadere. Lei e Andrea erano amici e un coinvolgimento di altro tipo rischiava di rovinare tutto. L'arrivo improvviso e inatteso di Amber, la sua ex compagna, sembrava fatto apposta per sottolinearlo. E la visione fugace di Amber che, sulla porta, lo salutava sfiorandogli le labbra con un bacio, che Emma aveva colto senza volere, metteva un punto fermo alle sue riflessioni. Andrea e Amber erano i genitori di Maya, continuava a ripetersi, e se avessero deciso di tornare insieme non sarebbe certo stata lei a ostacolarli.

Doveva dimenticare quello che era accaduto, si disse

Emma per l'ennesima volta. Archiviarlo come un momento di emotività che non doveva avere seguito.

Ma come poteva, se Andrea continuava a inviarle messaggi? Spense il cellulare sentendosi una codarda. Cosa pensava di risolvere? Prima o poi avrebbe dovuto affrontarlo e scappare non era un'opzione.

Il ricordo del bacio appassionato che lei e il vice questore si erano scambiati non l'abbandonava. Una parte di sé diceva che non c'era niente di male, erano due adulti consenzienti, lei aveva perso il suo compagno otto anni prima e lui in teoria aveva chiuso con Amber, la madre di sua figlia. Ma poi, come un'interferenza ineludibile, tra loro si frapponeva proprio Amber, piombata all'improvviso da chissà dove e forse intenzionata a riallacciare il rapporto con lui.

È stato uno sbaglio, una défaillance, non deve più ripetersi.

Mentre cercava di convincersi e si chiedeva quale fosse il modo migliore per affrontarlo, un'esclamazione di Kate proveniente dalla cucina la riportò di colpo a Villa Mimosa, la sua nuova casa da quando l'iniziale rapporto di lavoro con la celebre giallista americana Kate Scott, soprannominata dalla stampa Mrs Bestseller, si era trasformato in una solida amicizia.

Emma si affrettò verso la cucina, dove trovò Kate alle prese con un'insalata, dato che era il giorno libero di Maria, la governante tuttofare di casa Scott. Ma in quel momento la scrittrice sembrava dimentica di lattuga, pomodori e ravanelli e fissava lo schermo della tv, su cui scorrevano le immagini del tg della sera. In particolare era inquadrata la foto del corpo senza vita di una donna giovane e sensuale, accanto a quella di un ragazzo bruno dallo sguardo intenso.

«... le motivazioni del tentato suicidio del Di Donato nel carcere di Bollate dove sta scontando la pena per omicidio volontario aggravato vanno senz'altro ricercate nella sentenza della Cassazione che ha confermato i giudizi precedenti...» stava dicendo lo speaker.

«Che succede Kate?» chiese Emma incuriosita.

La scrittrice indicò lo schermo.

«Ti ricordi questo caso? Io ero da poco arrivata in Italia e mi colpì molto. Una nota performer milanese era stata uccisa con quarantasette coltellate, probabilmente da uno dei suoi allievi, con cui aveva una relazione, Cristiano Di Donato. Lui ha sempre negato, ma è stato condannato all'ergastolo nel primo processo in corte d'Assise e poi in Appello e oggi la Cassazione ha confermato la condanna.»

«Per questo ha tentato il suicidio» concluse Emma. «Sì, mi ricordo il caso, fece molto rumore all'epoca, ne parlarono tutti i giornali per diversi giorni. Io ero a Roma alla scuola di polizia, ma l'ho seguito perché conoscevo di vista la sorella, eravamo al liceo insieme. Lui mi è capitato solo di incrociarlo, ma non ci ho mai parlato, era il genere bel tenebroso, non molto simpatico a dire la verità.»

Kate annuì.

«Sono stata al processo di persona perché volevo ambientare in Italia una delle storie di Celia ma non conoscevo bene il vostro ordinamento giudiziario, perciò mi interessava andare in aula. Anche a me fece questa impressione, e credo che sia stato un fattore che ha giocato contro di lui nel giudizio della giuria.»

Intanto lo speaker del tg aveva concluso dicendo che Di Donato si era salvato per miracolo grazie a un altro detenuto che era tornato nella lavanderia del carcere, dove prestavano insieme servizio, per recuperare degli indumenti e lo aveva trovato rantolante con un sacchetto di plastica sigillato intorno al volto.

«Che morte orribile avrebbe potuto essere» commentò

Kate portandosi d'istinto le mani al collo con un piccolo brivido.

Per qualche istante rimasero tutte e due in silenzio, come se non riuscissero a cancellare dalla mente quell'immagine raccapricciante. Poi Emma decise di alleggerire l'atmosfera con un cambio di argomento.

«Parlando di televisione, che ne dici di darmi qualche consiglio su cosa dire in quella trasmissione sui cold case? Mancano solo un paio d'ore e sono piuttosto nervosa.»

Kate sorrise.

«Sono sicura che te la caverai benissimo. E comparire in tv sarà un'ottima forma di pubblicità per l'agenzia.»

Emma scosse la testa poco convinta.

«Non avrei dovuto accettare. Se c'era qualcuno che doveva andare, eri tu. Non solo hai avuto delle intuizioni geniali che ci hanno fatto risolvere il caso, ma sei tu l'esperta di rapporti col pubblico.»

Una smorfia amara contrasse il volto di Kate.

«Vuoi dire che *ero*» la corresse. «Se non ci foste tu e Tommy, sarei un'ottima candidata all'Oscar per la vita eremitica.»

Prima che Emma potesse replicare, Tommaso fece capolino dalla porta.

«Allora, mamma?» le chiese. «Posso venire con te in tv?»

«Lo sai che non è possibile, te l'ho già spiegato» rispose lei, sentendosi un po' in colpa di fronte all'espressione delusa del figlio.

Kate intervenne.

«Tommy, che ne dici se andiamo insieme a controllare i bonsai? Ce ne sono un paio che hanno bisogno di essere rinvasati, ti va di provarci tu? Poi più tardi guarderemo insieme la mamma in tv.»

Tommaso ci pensò un momento, poi annuì con entusiasmo e ancora una volta Emma fu colpita dall'alchimia tra suo figlio, un bambino di sei anni, e la scrittrice di fama mondiale che viveva reclusa in quella villa da sogno.

Kate le strizzò l'occhio e si avviò con Tommaso verso il giardino d'inverno, mentre Emma si preparò ad affrontare la diretta tv di cui a breve sarebbe stata protagonista.

CAPITOLO DUE

BRUNO BASILE SORSEGGIÒ CON ARIA DI APPROVAZIONE LA tazza di caffè americano che Emma gli aveva appositamente preparato per accompagnare la fetta di Cutizza alle mele, la focaccia fritta con farina bianca, zucchero e latte tipica del Lario di cui lui andava ghiotto.

«Tu mi vizi» disse sorridendo l'ex poliziotto, mettendosi comodo sul divano dell'agenzia di investigazioni che era stata sua e che Emma aveva ereditato.

Lei lo osservò divertita.

«È tutta una scusa per approfittarne anch'io» rispose assaporando la sua fetta di dolce.

Bruno le diede un buffetto affettuoso.

«Te la meriti tutta dopo la tua performance televisiva, hai fatto un figurone!»

«Smettila di prendermi in giro» replicò l'investigatrice «sai che non mi piacciono le luci della ribalta. Fare la passerella non è il mio genere.»

Bruno la fissò serio.

«Non ti sto affatto prendendo in giro. Sei stata empatica e

16

professionale, due doti fondamentali per un investigatore. E poi» aggiunse con un sorriso malizioso «il fatto che tu sia molto telegenica certo non guasta.»

Emma alzò gli occhi al cielo e stava per replicare di nuovo quando furono interrotti dal suono insistente del campanello dell'agenzia.

«Un cliente impaziente» commentò Bruno, mentre Emma si alzava per andare ad aprire.

Qualche istante dopo si trovò di fronte una giovane donna magrissima, capelli e occhi scuri, l'espressione tesa ma determinata. Emma ebbe l'impressione di averla già vista, ma sul momento non riuscì a mettere a fuoco dove questo fosse avvenuto.

«Buonasera Emma, forse tu non ti ricordi di me, eravamo nella stessa scuola. Sono Simona Di Donato.»

Ma certo, si disse l'investigatrice, ecco perché aveva la sensazione di conoscerla. Gli occhi scuri e intensi erano gli stessi del fratello.

«Certo che mi ricordo» rispose. «Ma vieni, entra, cosa posso fare per te?»

«Ti ho vista in televisione» disse Simona. «E ho pensato che se c'era qualcuno che poteva aiutarmi quella eri tu.»

Emma la guardò perplessa.

«Aiutarti per cosa?»

L'altra prese un profondo respiro.

«Voglio chiedere la revisione del processo di Cristiano. Mio fratello è innocente, non ha ucciso Michela Sala.»

Per alcuni istanti l'investigatrice non seppe cosa dire. Fu Bruno a rompere quel momento di imbarazzo rivolgendo un saluto cortese a Simona e poi strizzando l'occhio a Emma e dicendo:

«Lasciami da parte la Cutizza, mi raccomando, la prossima volta ho intenzione di finirla.»

Poi le salutò e lasciò l'ufficio.

Emma precedette Simona e le fece cenno di accomodarsi.

La donna sedette tesa, tormentandosi le unghie.

«Ho sentito il telegiornale, mi dispiace per tuo fratello…» cominciò Emma.

Ma l'altra la interruppe.

«So cosa pensi» dichiarò. «Ma non è stato lui. Cristiano l'amava. Michela era il centro del suo universo, l'amore della sua vita, la sua musa, la sua fonte d'ispirazione. Senza di lei niente avrebbe avuto più senso. Non l'ha uccisa» ripeté.

«Simona, ascoltami…» cominciò Emma.

Ma la sorella di Di Donato la bloccò con un gesto al tempo stesso disperato e perentorio.

«No, ascoltami tu. So cosa stai per dirmi, che i tre i gradi di giudizio hanno confermato la sentenza di colpevolezza, che le prove, anche se indiziarie, erano tutte contro di lui, che nessuno ha testimoniato in suo favore, che i femminicidi sono quasi sempre opera di uomini che dicevano di amare quelle donne… ma non è stato lui, io lo so. Lo conosco, l'ho cresciuto dopo che i nostri genitori sono morti in quell'incidente maledetto, gli sono stata sempre vicina, indovinavo i suoi pensieri anche prima che me li confidasse. Non l'ha uccisa, non avrebbe mai potuto farlo» la voce le si spezzò e non riuscì a continuare.

Aveva le guance arrossate, gli occhi le brillavano di una luce febbrile. Emma rimase colpita da quella difesa appassionata. D'impulso, le afferrò le mani – erano gelide – e le strinse tra le sue.

«Non ti dirò quello che già sai» disse con dolcezza «non serve. Ma anche se tu avessi ragione, perché pensi che io possa aiutarti?»

Simona fece dei respiri profondi per recuperare il

controllo, poi sfilò le mani da quelle di Emma e la fissò con occhi limpidi e determinati.

Gli occhi di chi non sa cosa significhi arrendersi, pensò l'investigatrice.

«Perché quello che conta per te è la verità. E per trovarla sei disposta a scavare, senza guardare in faccia nessuno. Senza paura delle conseguenze. Senza fermarti davanti agli ostacoli. Tu puoi dimostrare che Cristiano è innocente» asserì convinta.

Emma sospirò.

«Ti ringrazio per la fiducia e vorrei poter fare qualcosa per te ma sono passati dieci anni, se non sono emerse delle nuove prove, è molto difficile che...»

«Nel caso di cui parlavi in televisione erano passati vent'anni» si intromise Simona. «E tu sei riuscita a scoprire la verità.»

«Sì ma...» provò a obiettare l'investigatrice.

L'altra la interruppe di nuovo.

«Questa volta lo hanno ripreso per un soffio, ma sono convinta che appena potrà ci riproverà.»

Emma tacque. In certe situazioni aveva l'impressione di essere una spugna, di assorbire il dolore di chi aveva di fronte, di chi si rivolgeva a lei fiducioso che potesse alleviare l'angoscia che provava. E in alcuni casi, pensò con amarezza, la verità che lei scopriva non era affatto quella che il cliente si aspettava.

«Ti prego,» riprese Simona «prima di decidere, vieni in carcere a parlare con lui. Non dirmi di no.»

Emma incontrò quello sguardo franco e diretto che conteneva una richiesta d'aiuto a cui non era facile sottrarsi.

«Almeno pensaci» insisté l'altra.

«Ti prometto che lo farò e domani ti darò una risposta.»

CAPITOLO TRE

"*SPERIMENTARE, OSARE: QUESTE SONO LE PAROLE CHIAVE. Sperimentare con i corpi, gli odori, i sapori, i colori, gli umori, la musica. Osare l'intentato. Superare le restrizioni della ragione. Andare oltre l'avanguardia.*

Un lessico nuovo, che può creare capolavori se si ha il coraggio di liberare l'energia interiore per realizzare la propria visione. Di morire per rinascere. Di plasmare il proprio destino.

Le rune, linguaggio esoterico, sussurro del mistero, sono il simbolo, il tramite, il ponte con la nostra parte istintiva e irrazionale.

La mia performance sarà tutto questo. Un'opera d'arte assoluta, totale.

Questi appunti saranno parte integrante del progetto, la testimonianza del processo creativo.

Adesso ho bisogno di visi, fisicità, caratteri, voci, essenze. Talento.

Una ricerca difficile ma esaltante."

CAPITOLO QUATTRO

L'ARRIVO DI UN MESSAGGIO STRAPPÒ EMMA ALLE SUE riflessioni sull'incontro con Simona Di Donato. Ormai era arrivata a Villa Mimosa, quindi fermò la macchina e lanciò un'occhiata al cellulare. Era l'ennesimo sms di Andrea: "Per favore, rispondi!" Sospirò. Quanto ancora avrebbe potuto rimandare? Chiuse un attimo gli occhi. Non poteva fare a meno di rivedere la scena, come un filmato in loop.

Il suono del campanello della porta proprio mentre lei e Andrea erano pericolosamente vicini, lui che si allontanava per andare ad aprire rompendo l'atmosfera che si era di nuovo creata fra loro, la bionda che lo abbracciava e lo baciava. E poi lei che si avviava alla porta augurandosi di apparire disinvolta e Andrea accanto alla donna che Emma vedeva per la prima volta in carne e ossa, di cui aveva notato le gambe lunghissime, i due occhi di un azzurro abbagliante e infine quei capelli di un biondo che nessun parrucchiere sarebbe riuscito a riprodurre.

«Ti presento Amber» le aveva detto Andrea. E poi rivolto all'altra: «Amber, lei è Emma.»

La giovane donna le aveva rivolto un sorriso luminoso e perfetto che sembrava autentico.

«Emma, che bello conoscerti! Ho sentito tanto parlare di te!» aveva esclamato con un marcato accento straniero.

«Piacere, anch'io» aveva borbottato lei imboccando la porta. «Stavo andando via» aveva aggiunto «Ciao Andrea, ci vediamo Amber.»

Se l'era letteralmente filata, facendo uno sforzo per non scendere le scale correndo. Voleva solo una cosa: allontanarsi da quei due il prima possibile. L'etichetta di rovinafamiglie non le si addiceva.

Riaprì gli occhi e decise di archiviare la pratica, almeno per il momento.

Quando rientrò, trovò Kate nel giardino d' inverno, tra le mani uno dei suoi mug, lo sguardo rivolto al giorno che sfumava in tutte le gradazioni del viola e dell'arancione oltre la vetrata.

«Posso?»

Kate si voltò verso di lei sorridendo.

«Complimenti per la trasmissione, sei stata incisiva e coinvolgente. Non avevo dubbi.»

«Anche Bruno mi ha detto che sono andata bene. Ma tu lo sai quanto mi sento a disagio su un palcoscenico.»

«Tutto sta a farci l'abitudine» replicò la scrittrice. «Io detesto andare in video, però da quando mi sono autoreclusa non ho avuto alternative. Ho dovuto imparare a comunicare in quel modo, altrimenti avrei deluso i miei lettori.»

Emma, come sempre accadeva quando Kate parlava della sua agorafobia, si stupì della lucidità che mostrava nell'affrontare l'argomento.

«Ma tu hai una volontà di ferro, cosa che purtroppo a me manca. Difficilmente riesco a impormi di fare cose che non amo.»

Kate inarcò le sopracciglia con espressione scettica.

«Castelli, non faccia la modesta, lei è riuscita ad andare molto oltre quelli che pensava fossero i suoi limiti» asserì. «Non a caso ti metti spesso nei guai» proseguì. «Se ripenso all'incendio che ha distrutto casa tua...»

«E infatti, se non fosse arrivato Andrea, ci avrei rimesso le penne» si sovrappose l'investigatrice. «A che punto sei col lavoro?» chiese poi cambiando argomento, perché non voleva che Kate cogliesse l'imbarazzo che il pensiero di lui le suscitava.

Kate sorseggiò la tisana ai fiori d'arancio.

«Diciamo a buon punto. Credo che Celia per la fine del mese riuscirà a identificare l'assassino che l'ha fatta tanto penare.»

Cagliostro, il gattone di casa, entrò nella stanza e si andò a strusciare contro le gambe di Emma, che si chinò per prenderlo in braccio.

«Il tuo editore sarà felice, avrà un nuovo best seller da dare in pasto al pubblico.»

«Gliel' ho promesso per fine marzo e, come sai, sono una donna di parola. Per fortuna mancano solo pochi capitoli.»

«Non vedo l'ora di leggerlo» dichiarò Emma. «E adesso indovina chi è venuta oggi in agenzia.» Kate la guardò interrogativa. «Simona Di Donato.»

«La sorella di Cristiano Di Donato?» chiese la scrittrice, subito interessata.

«Proprio lei. Che coincidenza, vero?» e le raccontò brevemente la sua richiesta.

«Pensavo che la Cassazione concludesse i tre gradi di giudizio» commentò Kate.

«Salvo se emergono nuove prove concrete. In quel caso si può chiedere una revisione del processo. Con le attuali tecnologie sta diventando abbastanza frequente, soprattutto per quei procedimenti che si sono svolti parecchi anni fa, come quello di Di Donato.»

Kate annuì. «Me lo ricordo bene. Lui era un ragazzino. Avrà avuto una ventina d'anni. Era di una bellezza particolare. Disarmante. Spigoloso. Mi fece venire in mente un riccio che tira fuori gli aculei. Non pensava a difendersi e dietro l'aria sprezzante io percepivo la sua disperazione. Di certo non lo aiutò l'avvocato d'ufficio, troppo giovane e poco smaliziato.»

DIECI ANNI PRIMA – Interno aula tribunale

«Che volete sentirvi dire? Che la volevo morta? Che desideravo tagliarle la gola per vedere il suo sangue scivolare via da quel corpo che amavo?»

Kate lo seguiva attenta, per quanto avesse studiato l'italiano, ancora certi modi di dire le erano ostici. E quel ragazzo dai capelli corvini, dai lineamenti duri, sottolineati dalla tensione che lo irrigidiva, la affascinava.

«Voi siete pazzi. Io l'amavo, perché lei era parte di me, era il mio specchio. Eravamo lo Yin e lo Yang. L'ombra e la luce. Separati ma complementari. Senza di lei io non sono. Senza di me lei non era. Come avrei potuto ucciderla? Ma fate bene a puntare il dito accusatore contro di me, perché se io esco, se mi liberano, una sola cosa vorrò fare. Trovare chi l'ha uccisa, amputando una parte della mia anima, e ucciderlo facendolo soffrire come lui ha fatto con Michela.»

Kate uscì dall'aula portandosi addosso tutta quella disperazione, quella rabbia.

«ERA ARROGANTE, drogato, difeso male e aveva tutti gli indizi contro. Insomma, il colpevole perfetto» sintetizzò la scrittrice.

Emma la guardò cercando di leggere il pensiero che si celava dietro quelle parole.

«Vuoi dire che secondo te era innocente?»

«Voglio dire che il processo glielo avevano già fatto fuori dell'aula, e il verdetto era praticamente scontato. Ricordo che pensai che se fosse stato in America lo avrebbero assolto. Fu condannato solo su prove indiziarie.»

Emma rifletté su quelle parole, lasciando scorrere lo sguardo oltre la grande vetrata, sul giardino che era avvolto dalle prime ombre della sera e sul ricamo di increspature bianche che spiccavano sulla superficie ormai scura del lago.

«Pensi che dovrei accettare di incontrarlo?» chiese.

Kate si prese un tempo.

«Devi fare quello che senti.»

Le labbra di Emma si piegarono in un mezzo sorriso.

«In questo modo mi hai già risposto, lo sai vero?»

L'amica sorrise a sua volta.

«Sei una delle persone più empatiche che conosca» rispose «ed è uno dei tuoi punti di forza come donna e come investigatrice.»

«Ma è anche la mia debolezza» ribatté Emma con una smorfia.

«Non sono d'accordo» la contraddisse la scrittrice. «Vorrei avere io la tua capacità di entrare in sintonia con gli altri.»

Emma scrollò le spalle.

«A volte ne farei volentieri a meno, credimi.»

Rimasero in silenzio tutte e due per un po', Kate sorseggiando la sua tisana ed Emma continuando a contemplare quel panorama di cui non si sarebbe mai stancata.

«Cos'altro ricordi di lui?» chiese alla fine l'investigatrice.

Sulla fronte di Kate comparvero delle piccole increspature che le ricordarono quelle sulla superficie del lago. La scrittrice sembrava concentrata nel richiamare alla memoria ogni minimo dettaglio.

«Era scostante e, come ti ho accennato, arrogante, presuntuoso» disse infine. «Sembrava sicuro di venire assolto, malgrado giorno dopo giorno contro di lui si accumulassero gli indizi e le testimonianze. Continuava a proclamarsi innocente, diceva che amava Michela e che non le avrebbe mai potuto fare del male. Ma il modo in cui lo diceva, con freddezza, con distacco, rendeva molto difficile provare simpatia per lui. Dava la sensazione che si sentisse superiore, che nulla di quello che accadeva in quell'aula lo avrebbe toccato. Ma io ero convinta che fosse disperato, che si sentisse perso, anche se cercava di mascherarlo.»

Emma emise un lieve fischio di apprezzamento.

«Accidenti signora Scott, qui non parliamo solo di memoria ma di capacità di osservazione decisamente fuori dal comune.»

Kate sorrise.

«È fondamentale per chi scrive, in particolare per chi scrive gialli.»

«E non saresti la numero uno se non ne fossi particolarmente dotata.»

Kate fece un gesto come a voler liquidare l'argomento.

«Allora, che pensi di fare?» tornò a chiedere.

«Non lo so.»

Emma sentì su di sé lo sguardo penetrante dell'amica.

«Io invece credo che tu abbia già deciso.»

CAPITOLO CINQUE

Marzo volgeva al termine e la temperatura era ancora molto rigida, per fortuna Tommaso era un bambino responsabile e andava volentieri a scuola, quindi non bisognava sollecitarlo per arrivare puntuali. Mentre guidava sul Lungolario, Emma pensava ad Andrea. Il vice questore continuava a tempestarla di messaggi a cui lei si ostinava a non rispondere. Sapeva che era un atteggiamento immaturo e che presto avrebbe dovuto incontrarlo o almeno parlargli, ma non si aspettava di doverlo fare proprio quella mattina. Quando lo vide fermo davanti alla scuola, il suo cuore perse qualche colpo. Era evidente che la stava aspettando, perché Maya non era al suo fianco, segno che era già entrata. Accostò al marciapiede, meditando se inventare una scusa per rimandare ancora il chiarimento o se affrontarlo una volta per tutte.

Appena la macchina fu ferma, Tommy aprì la portiera e salutandola frettolosamente corse verso l'entrata, mentre Andrea si avvicinava all'auto.

Emma prese un bel respiro e gli sorrise, alzando le mani in

segno di resa vedendolo chinarsi verso il finestrino del passeggero.

«Lo so, hai ragione, è infantile non rispondere alle chiamate...» disse tutto d'un fiato, ma lui non la fece continuare.

«Emma, non voglio che quello che c'è stato rovini tutto, ci tengo troppo alla nostra amicizia per comprometterla. Non so cosa sia successo, se c'entra in qualche modo Amber...» anche lui aveva parlato tutto d'un fiato, però questa volta fu lei a interromperlo imbarazzata.

«Ti prego, non possiamo fare un passo indietro? È stato uno sbaglio, lo sappiamo tutti e due.»

Era evidente che non erano quelle le parole che lui avrebbe voluto sentire, ma lei era ben determinata a troncare sul nascere qualcosa che poteva creare non pochi problemi. Se fra lui e Amber poteva esserci una chance per ricominciare non voleva essere lei l'impedimento.

«Se è questo che vuoi, certo» mormorò Andrea cercando di mascherare la delusione.

Emma gli sorrise.

«Che ne dici di un caffè prima di iniziare la giornata?»

«Volentieri ma pago io, almeno questo lasciamelo fare.»

Lei rise, parcheggiò, spense il motore e scese dalla macchina per raggiungerlo. In un altro momento lo avrebbe preso sottobraccio, ma quel gesto, che fino a qualche giorno prima sarebbe stato spontaneo, ora le sembrava fuori luogo.

«Di cosa ti stai occupando in questo momento?» le chiese Del Greco per mascherare l'imbarazzo causato dalla sottile tensione che aleggiava tra loro.

«La sorella di Cristiano Di Donato è venuta da me perché vuole che trovi nuovi elementi per far aprire un processo di revisione. Tu hai seguito la vicenda all'epoca?» domandò lei.

«Non molto. Ero entrato da poco in Questura, ero un

novellino ed ero troppo concentrato a non commettere sbagli nella mia giurisdizione, ma ricordo che se ne parlò parecchio.»

«Io ero ancora a Roma alla scuola di polizia e non ne so granché» ammise Emma.

«Lo hanno condannato in tutti e tre i gradi, dubito che si possa trovare qualcosa di nuovo per riaprire il caso» le fece notare Andrea.

«Andrò a parlare con lui in carcere, se è vero quello che dice la sorella, quell'uomo è innocente.»

«Dopo dieci anni non sarà facile dimostrarlo.»

Sul volto di Emma comparve l'espressione battagliera che lui conosceva bene.

«Non è mai facile, ma questo non significa che bisogna darsi per vinti.»

CAPITOLO SEI

Mentre Emma percorreva l'autostrada dei Laghi in direzione del carcere di Bollate, Simona, seduta accanto a lei, dopo averla ringraziata ancora una volta per aver accettato di incontrare il fratello, le spiegò che all'epoca del primo processo aveva insistito perché lui facesse domanda per essere ammesso in quello che era considerato un luogo di detenzione modello.

«Da quando era piccolo» le disse «Cristiano detestava essere rinchiuso, aveva bisogno di aria, di spazi aperti, di sentirsi libero» pronunciò le ultime parole con profonda amarezza. «Era un bambino vitale, pieno di energia, di creatività» riprese con tristezza «mi si spezzava il cuore a immaginarlo rinchiuso. Almeno qui durante il giorno le celle sono aperte, ha potuto dipingere, recitare… insomma in qualche modo continuare a vivere. O almeno così credevo» mormorò.

«Siete molto legati, vero?» chiese Emma.

Simona annuì.

«Dopo che i nostri genitori sono morti, mi sono presa cura di lui. Malgrado la sua aria da duro, Cristiano è molto

30

fragile e anche troppo sensibile, come tutti i veri artisti. Io ci sono sempre stata per lui, e ci sarò sempre» dichiarò senza enfasi ma con la convinzione di chi ha fatto una scelta che ha segnato la sua vita in modo definitivo.

Emma pensò che da quelle poche parole trapelava non solo la profondità del loro rapporto ma anche la volontà di Simona di essere per Cristiano la famiglia che avevano perduto. Un carico che doveva essere stato schiacciante per lei dopo quello che era successo. La guardò. Sedeva composta, le mani strette in grembo. Solo lo sguardo tradiva la sua assoluta determinazione. E in quel preciso momento, mentre cominciavano a costeggiare il muro dell'istituto di detenzione, Emma seppe che non avrebbe potuto tirarsi indietro di fronte alla sua richiesta d'aiuto.

Non era mai stata nel carcere di Bollate, neppure quando era ancora in polizia. Conosceva quello di Opera, che le aveva sempre trasmesso una sensazione di angoscia e di oppressione. Una volta varcati i cancelli di ingresso, si soprese invece nel percepire un'atmosfera diversa. C'era un'area verde con numerosi giochi colorati per bambini, un grande spazio adibito a orto dove alcuni detenuti erano intenti alla cura delle piante e addirittura un recinto con dei cavalli. Ricordò di aver letto di un progetto, unico in Europa, chiamato "Salto oltre il muro", per il reinserimento sociale e lavorativo dei reclusi, che avrebbero potuto imparare il mestiere di artieri, oltre che impegnarsi nel recupero di cavalli maltrattati.

All'interno della struttura le accolsero corridoi luminosi con dipinti colorati alle pareti che davano l'impressione di trovarsi in una scuola piuttosto che in un carcere. Emma si fermò di fronte a un murales, che l'attirava senza che riuscisse a spiegarsi perché.

Era un'esplosione violenta di colori, che comunicava emozioni forti, passione, amore, ma anche disperazione, rabbia. Al centro una figura femminile appena tratteggiata ma ugualmente capace di esprimere al tempo stesso fragilità e forza.

«Questo lo ha fatto Cristiano» disse Simona.

«È molto bello, non solo, è potente e commovente» disse Emma cercando gli aggettivi giusti.

Un'espressione indecifrabile comparve sul volto della donna.

«È Michela» spiegò. «Per tutti questi anni non ha fatto che dipingerla. È diventata la sua ossessione.»

All'investigatrice parve di cogliere una nota ostile nella voce della sorella di Di Donato, che però riprese a camminare e la precedette lungo il corridoio senza aggiungere altro.

«Capisco perché hai insistito che lo accettassero qui» disse Emma mentre raggiungevano l'ufficio della direttrice.

L'altra sospirò.

«Purtroppo non è servito» mormorò.

La direttrice le aspettava.

«Buongiorno Simona, mi dispiace moltissimo per quello che è successo a Cristiano e anche per il fatto che non siamo stati in grado di prevenirlo» esordì ed Emma ebbe la sensazione che l'empatia che dimostrava fosse autentica.

Simona scosse la testa.

«Come avreste potuto, dottoressa?» replicò. Poi le indicò Emma. «Le presento la signora Castelli. È un'investigatrice privata. Spero possa aiutarmi a trovare qualcosa che mi permetta di chiedere la revisione del processo.»

La direttrice tese la mano a Emma e la strinse con vigore.

«Piacere di conoscerla» e di nuovo lei ebbe l'impressione che non fosse solo una frase di circostanza. Poi tornò a rivolgersi a Simona: «Io la capisco, mi creda. Immagino che al posto suo farei lo stesso. Spero solo che questo possa aiutare suo fratello a riprendersi, a non lasciarsi andare.» Guardò

Emma: «Cristiano da quando è qui si è impegnato, non solo con la pittura e con il teatro, ma ad aiutare gli altri, soprattutto i più fragili ed emarginati. Credevo che avrebbe approfittato della seconda chance che cerchiamo di offrire. Noi qui» spiegò «siamo convinti che sia importante incentivare i detenuti perché accettino la sfida di cominciare una nuova vita. Per questo per me è una sconfitta personale quello che è successo a Cristiano, Simona lo sa.»

La sorella di Di Donato annuì.

«Che cosa dice lo psichiatra?» chiese poi.

«È preoccupato» rispose la direttrice. «Cristiano è caduto in uno stato di prostrazione. Non vuol mangiare, non esce, non si lava, non fa attività comuni... siamo molto in ansia, non ve lo nascondo. Lo teniamo sotto sorveglianza perché temiamo che possa riprovarci.

«Vede,» disse di nuovo rivolta a Emma «vogliamo dare ai detenuti una possibilità di riscatto, e temo sia questo che Cristiano ha perso dopo la sentenza della Cassazione: la speranza.»

DOPO L'INCONTRO con la direttrice, attraversarono altri corridoi ugualmente luminosi e con le pareti decorate di quadri, che quasi facevano dimenticare, pensò Emma, la presenza delle sbarre alle porte e alle finestre, e infine raggiunsero la sala d'attesa, dove si svolgevano le procedure preliminari all'incontro. Depositarono le borse e i cellulari negli appositi armadietti e si sottoposero alla perquisizione di prassi. Solo allora poterono entrare nella sala colloqui. Sedettero a uno dei tavoli disposti nel grande ambiente a una certa distanza uno dall'altro ed Emma apprezzò il fatto che non ci fossero divisori che separavano i detenuti dai visitatori.

«Eccolo» disse Simona, indicando un uomo alto e magro

che indossava un paio di jeans sbiaditi e una felpa scura e avanzava lentamente verso di loro scortato da una guardia carceraria.

Emma pensò che non lo avrebbe riconosciuto. Non solo era magro ed emaciato, con i capelli quasi rasati, ma lo sguardo dei grandi occhi scuri, così simili a quelli della sorella, che lei ricordava intenso, ardente, quasi febbrile, adesso appariva opaco, spento.

Vide la sofferenza sul volto di Simona, malgrado lei si sforzasse di sorridere e provò una gran pena. La donna accarezzò la guancia ispida del fratello e gli scostò i capelli dal viso con un gesto quasi materno, che raccontava molto del legame tra loro. Gli prese le mani tra le sue e le strinse. Poi con un movimento del capo gli indicò Emma:

«Cristiano, lei è Emma Castelli, era a scuola con noi. È un'investigatrice privata.»

«Ciao Cristiano» disse Emma.

Lui la guardò senza interesse e non rispose.

«Voglio che Emma trovi qualcosa per far riaprire il processo» disse Simona con convinzione. «Ci è già riuscita con un altro caso, sono sicura che può aiutarci.»

Il fratello scosse appena la testa.

«Nessuno può fare più niente» dichiarò con voce atona.

«Ti prego, non dire così» lo supplicò Simona.

Dall'incrinatura nella sua voce, Emma si rese conto che lottava contro le lacrime ma non era sicura che avrebbe vinto la battaglia.

Di Donato sollevò lentamente una mano, come se il farlo gli costasse uno sforzo immenso, e sfiorò i capelli della sorella. Una carezza lieve ma piena di tenerezza.

«Simi, devi lasciarmi andare. Devi vivere la tua vita, non continuare a preoccuparti per me.»

Gli occhi di Simona si riempirono di lacrime, ma poi la donna reagì con veemenza.

«No Criso, io non ti lascio. Non lo farò mai.»

Fu l'uso di quei vezzeggiativi, un chiaro retaggio della loro infanzia, che li mostrò senza maschere, in tutta la loro fragilità, a spazzare via ogni dubbio residuo di Emma.

«Ascolta Cristiano» intervenne. «Io invece vorrei provare ad aiutarti. Ma per farlo ho bisogno di te.»

CAPITOLO SETTE

DOPO CHE EBBE FINITO DI PARLARE, DESCRIVENDOLE l'uomo distrutto che si era trovata di fronte e la difficoltà nel cercare di farsi raccontare la sua versione dei fatti – "non l'ho uccisa, io l'amavo, era il mio alter ego, la mia fonte d'ispirazione, il mio tutto" le aveva detto Di Donato per poi rimpiombare nel mutismo - Kate osservò Emma in silenzio per alcuni istanti. L'aveva già vista emotivamente coinvolta nei suoi casi – come le aveva detto riteneva che l'empatia fosse una delle sue doti – ma questa volta c'era qualcosa di diverso.

«Io ricordo che al processo sembrava quasi sprezzante, come se non fosse lui ad essere giudicato per omicidio. Era chiuso in se stesso, in un mondo a cui solo lui aveva accesso» disse rivedendo davanti agli occhi quel ragazzo bello, dallo sguardo intenso e sofferente ma lontano.

«Il mondo suo e di Michela» rifletté Emma.

«Quindi non è stato molto collaborativo» concluse Kate.

Emma sospirò.

«Quando perdi la speranza cosa ti resta?» sollevò lo sguardo su di lei. «Io lo capisco sai? Dopo la morte di Giorgio ho vissuto momenti così. Avrei voluto morire anch'io e se non fosse stato per Tommy...»

Lasciò la frase in sospeso e Kate percepì in quelle parole l'eco di un dolore che non si sarebbe mai spento.

«Per questo hai deciso di accettare l'incarico?» chiese alla fine.

L'amica scosse il capo.

«No. Ho deciso per quei due bambini, Simi e Criso. Per lasciargli una speranza. Farò tutto il possibile e lo farò per loro.»

Kate sentì un nodo alla gola, che avrebbe voluto sciogliere con un abbraccio, ma non ci riuscì. È vero che siamo la nostra storia e che portiamo dentro di noi i geni dei nostri genitori, pensò con amarezza. E nello stesso tempo ringraziò la sorte di aver messo sulla sua strada Emma Castelli, con la sua fisicità, la sua capacità di manifestare quello che provava, la sua affettività.

«Sono contenta che tu abbia preso questa decisione» disse «e vorrei aiutarti.»

Emma sorrise.

«Prima di tutto devi pensare a Celia. Mi hai detto che il tuo editore ti sta mettendo fretta, non voglio farti rallentare.»

Kate scrollò le spalle.

«Riuscirò a fare tutte e due le cose» replicò. «Non preoccuparti.»

«Ma è il tuo lavoro, Kate» ribatté Emma.

La scrittrice la guardò seria.

«Il mio lavoro è raccontare storie di persone che non sono reali, anche se possono sembrarlo. Tu hai a che fare con persone vere, con sofferenze vere. Aiutarti mi fa sentire utile.»

Emma d'impulso la abbracciò con calore.

«Grazie.»

Kate ricambiò goffamente l'abbraccio sentendosi inadeguata. Poi si sciolse con il pretesto di essere subito operativa.

«C'è una cosa che dovrei ancora avere e che potrebbe servirti» disse invitando Emma a seguirla fuori dello studio.

«Cosa?» chiese l'investigatrice.

Kate si avviò sulle scale.

«Un taccuino dove ho segnato tutte le mie impressioni durante il processo. Dev'essere nei bauli in soffitta» disse continuando a salire.

«Accidenti, sarebbe fantastico» esclamò Emma seguendola al piano superiore.

Una volta nell'ampio locale mansardato, ingombro di bauli, scatole e scatoloni disposti in ordine ed etichettati con il numero dell'anno di riferimento, Emma si guardò intorno, mentre Kate cercava quelli del 2011.

«Certo che tu l'ordine ce l'hai nel DNA» commentò divertita «Se penso a com'era la mia soffitta…» s'interruppe perché quelle parole le avevano riportato alla mente l'incendio doloso che aveva distrutto il suo appartamento durante le ricerche del marito di Kate. Ma soprattutto rivide davanti agli occhi il volto angosciato di Andrea che le era apparso in mezzo al fumo, le sue braccia che la sollevavano e la cingevano con forza mentre lui la portava in salvo… Lo stesso Andrea che qualche giorno prima l'aveva baciata e a cui lei aveva detto che si era trattato di un errore.

«Emma…?» Kate la guardava perplessa. «Tutto okay?»

Si riscosse. Le dispiaceva non confidarsi con l'amica, ma dentro di lei si agitavano sentimenti troppo confusi per poterne parlare e tantomeno cercare di spiegarli. E poi non aveva deciso di mettere la parola fine a qualcosa che non era neppure cominciato? A che scopo affrontare il discorso? Optò comunque per una mezza verità.

«Sì, scusa, nominare la mia soffitta mi ha fatto ripensare all'incendio...»

«Non smetterò mai di sentirmi in colpa» la interruppe Kate.

«Scherzi?» Emma sorrise. «Se non fosse successo, mio figlio ed io non abiteremmo in una delle più belle ville del Lago e non avremmo come coinquilina una delle gialliste più famose del pianeta.»

Fu il turno di Kate di sorridere.

«Credimi, chi ci ha guadagnato sono io» replicò.

Ancora una volta Emma si trovò a pensare a quanto fossero imprevedibili e straordinari i percorsi della vita, che l'avevano condotta dove mai avrebbe immaginato.

Intanto Kate continuava a frugare nelle scatole ma alla fine si voltò verso di lei con un'espressione delusa sul volto.

«Mi dispiace, non lo trovo» dichiarò. «Vuol dire che dovrai accontentarti della mia memoria e dei miei ricordi.»

Emma la guardò divertita.

«Allora posso dormire sonni tranquilli. Tu daresti dei punti anche a Pico della Mirandola, signora Scott.»

Kate rise.

«Adesso non esagerare. Ma cercherò di fare del mio meglio.»

«Non sai quanto lo apprezzo» disse l'investigatrice. «Io intanto mi dedicherò alla lettura degli atti del processo» continuò «si tratta di una montagna di carte, spero solo che possano essere di qualche utilità.»

CAPITOLO OTTO

Dopo aver rimboccato le lenzuola a Tommaso, Emma si era chiusa in camera con l'intenzione di leggere le carte del processo. Preso il faldone che le aveva dato Simona Di Donato, cominciò a sfogliare i fascicoli. C'erano verbali di interrogatori, relazioni mediche, perizie tecniche e fotografie: del corpo di Michela, della scena del crimine, del materiale repertato. Emma si soffermò sui dettagli delle ferite. A parte il taglio alla giugulare, gli altri, inferti su tutto il corpo, erano di lunghezze e forme diverse, ad esempio uno al centro dell'addome a forma di X, ma sembravano superficiali.

Da dove inizio? si chiese. Forse dalle conclusioni del processo di primo grado, si rispose cercando fra le carte. Dopo aver scartabellato tra i fogli, trovò quello che cercava, lo prese e andò a sedersi sulla poltrona vicino alla finestra che affacciava sul Lario. I fari che delimitavano Villa Mimosa quella sera fendevano la nebbia che sembrava galleggiare leggera sul lago, le distanze sembravano dilatate, il paesaggio che conosceva bene si era trasformato, solo il rumore dell'acqua, lento e ripetitivo, restava lo stesso, anche se più soffice, ovattato.

Emma accese la lampada sul tavolino e cominciò a leggere, ma ancora una volta qualcosa la distrasse. Un piccolo trillo del cellulare.

Andrea.

Si alzò, cercò il telefono e lo sbloccò.

Non va bene. È sbagliato. Devi lasciarlo andare.

Con delusione vide che si trattava di una pubblicità. Tornò a sedersi e riaprì il fascicolo del processo.

Hai fatto bene a dirgli che è stato un errore. Se c'è anche una sola possibilità che si rimetta con Amber è giusto per Maya, i bambini hanno bisogno di tutti e due i genitori.

Studiare la causa l'avrebbe aiutata a concentrarsi su qualcos'altro. Andrea era un discorso chiuso. Così doveva essere. Con un terribile sforzo di volontà riprese la lettura.

"Il Procuratore Generale conclude dichiarando Cristiano Di Donato responsabile di omicidio volontario con condanna ad anni ventidue di reclusione, ritenute le già concesse attenuanti generiche..." Doveva studiare le motivazioni della sentenza della prima Sezione della Corte di Assise di Milano, capire cosa aveva spinto i giudici a decretare la colpevolezza dell'uomo che aveva deciso di aiutare.

CAPITOLO NOVE

L'OROLOGIO SEGNAVA LE DUE QUANDO KATE CHIUSE IL computer. Amava scrivere nel silenzio della notte, dimentica di tutto si immergeva nelle avventure di Celia calandosi completamente nei suoi panni. Prese il mug ancora fumante con l'infuso alla melissa che si era preparata e salì le scale facendo attenzione a non far rumore. Arrivata al primo piano, vide la luce filtrare dalla stanza di Emma. Si avvicinò e bussò leggermente.

«Entra, sono sveglia.»

Kate aprì la porta e si affacciò nella camera. Emma era seduta sulla poltrona vicino alla finestra ed era circondata da fogli dattiloscritti.

«Ancora al lavoro» constatò la scrittrice in tono di rimprovero. «A quest'ora dovresti riposare.»

«Senti chi parla.»

«Hai ragione, ma un affascinante serial killer stava cercando di uccidere Celia e ci stava riuscendo, capisci che non potevo lasciare la scena a metà.»

Emma rise, si era ormai abituata a sentir parlare dei personaggi di Kate come di persone reali.

«Comprendo perfettamente.»

«Ma da quel che vedo anche tu sei immersa in un delitto.»

L'amica assentì.

«Avevi ragione, è stato un processo indiziario» disse indicando le carte del faldone. «È più che evidente.»

«Che impressione hai avuto?» chiese Kate, sedendosi accanto a lei su una delle comode sedie imbottite della stanza. Emma si passò la mano tra i capelli biondi arruffati.

«Prima ricapitoliamo. Di Donato viene accusato perché la Sala è stata uccisa con il suo taglierino da pittore, ritrovato sotto un mobile sulla scena del delitto. Sulla lama c'è il sangue della performer, e questo lo sai. Lui dichiara che, nei giorni precedenti, stava lavorando con lei a un quadro che doveva rappresentare la fusione delle loro anime, proprio per questa valenza simbolica, dice, avevano usato, fra i vari materiali di pittura, anche il loro sangue. Ma sostiene che il giorno dell'omicidio non hanno dipinto perché hanno avuto una discussione e poi lui è andato via. Però non può dimostrarlo e ho la sensazione che nessuno abbia avuto interesse a farlo. È proprio lui a indicare il quadro alla polizia ed è quello che lo inchioda. Nessuno crede alla sua versione.»

Kate annuì.

«Mi ricordo di questo dettaglio, all'epoca fece molto scalpore la sua dichiarazione che dipingevano col sangue.»

«Le analisi di laboratorio fatte sulla tela dimostrarono che il sangue era recente» continuò Emma «e la versione accreditata fu che, mentre dipingevano, lui venisse colto da una crisi violenta di gelosia, da un raptus, la uccidesse e imbrattasse la tela col sangue di tutti e due. Sempre lui dichiarò che restò a casa della Sala fino alle diciotto e trenta, e i periti stabilirono che il momento del decesso era stato intorno alle diciotto.»

«Riuscirono a essere così precisi grazie al Rolex della Sala, che si caricava col movimento del braccio, se non ricordo male» intervenne Kate.

Emma sorrise.

«Come sempre ricordi benissimo. La carica di quel modello dura trentadue ore da quando il movimento si arresta. Poiché quando il cadavere della Sala fu ritrovato, il lunedì, due giorni dopo, l'orologio era fermo all'una, ricostruendo i suoi movimenti apparve chiaro che si trattava dell'una di notte, quindi tornando indietro di trentadue ore, l'ora del decesso, cioè il momento in cui lei smise di muovere il braccio, risultava essere intorno alle diciotto di sabato, ovvero quando Di Donato era ancora a casa sua.»

Kate annuì ancora.

«Ricordo che a sostegno del quadro accusatorio ci fu anche una perizia psichiatrica che lo definì un soggetto bipolare, e quindi molto instabile.»

«Esatto» le confermò Emma. «Però c'è qualcosa che non mi quadra» riprese l'investigatrice. «In più punti viene ribadito che Di Donato era molto geloso della Sala e che lei voleva lasciarlo, vari testimoni l'hanno confermato. Ma quello che non è chiaro è il movente. Se l'ha uccisa per gelosia, come risulta dalle carte, che senso hanno tutti quei piccoli tagli sul corpo?» Cercò nel faldone alla ricerca delle fotografie. Le prese e mostrò a Kate gli ingrandimenti delle parti del cadavere dove si concentravano i tagli: braccia, gambe, addome. «L'autopsia stabilì che nessuno era mortale» riprese. «È stato solo il taglio sulla giugulare a essere letale. Se il movente era la gelosia, Di Donato si sarebbe accanito contro di lei, non si sarebbe limitato a delle piccole lesioni superficiali.»

Kate esaminò le immagini.

«La disposizione delle ferite sembra casuale» commentò. «Ma c'è comunque qualcosa di strano, hai ragione. Non sono state inferte per uccidere. Allora perché? C'è un elemento rituale che ci sfugge?» si chiese tornando a concentrarsi sulle foto. I tagli erano in ordine sparso, alcuni dai margini netti, altri frastagliati, alcuni più lunghi, altri più corti, a forma di X o curvilinei.

«Non saprei» rispose Emma. «Ma ritengo che l'ipotesi del delitto passionale sia inverosimile. Se davvero l'avesse uccisa lui, sarebbe più credibile un errore. I due cominciano a dipingere, magari sono sotto l'effetto di droghe, usano il sangue, poi a un certo punto lui perde il controllo della situazione e taglia per sbaglio la vena. Quello che mi chiedo è perché l'omicidio colposo non sia stato neppure considerato.»

Kate rifletté per qualche istante. Come sempre Emma aveva la capacità di andare dritta al punto.

«All'epoca non conoscevo bene la legislazione italiana e non mi soffermai su questo dettaglio» disse poi «ma certo la domanda è interessante. Forse c'era solo bisogno di chiudere velocemente il caso e lui aveva servito su un piatto d'argento all'accusa la prova della sua colpevolezza, ammettendo che era uscito da casa di lei alle sei e mezza del pomeriggio.»

Emma cercò lo sguardo di Kate.

«Vuoi sapere che sensazione ho?»

«Certo,» Kate sorrise «sai che mi fido moltissimo di te.»

«Mi sembra che Cristiano Di Donato avesse il phisique du rôle del perfetto colpevole e che, date le testimonianze e gli indizi contro di lui, nessuno si preoccupò di vagliare altre piste.»

Kate ricordava di aver pensato anche lei una cosa simile all'epoca del processo.

«Lui insisteva nel dire che quel pomeriggio non avevano toccato il quadro e che avevano litigato e lui era andato via e non sapeva assolutamente come il suo taglierino fosse finito sotto l'armadio. Ma nessuno gli credette, anche perché i suoi amici non lo aiutarono» affermò.

Emma si fece attenta.

«Di chi parli?»

«Degli altri quattro che la Sala aveva scelto per la sua performance.»

«Non ho ancora letto quelle testimonianze. Cosa dissero i ragazzi?» chiese l'investigatrice.

CAPITOLO DIECI

Dieci anni prima – Interno aula tribunale
Kate era arrivata presto per sedersi nelle prime file. La incuriosiva un processo dove tutto sembrava accusare quel ragazzo, che appariva indifferente al destino che lo attendeva. Ma lei percepiva che dietro la maschera sprezzante che proponeva al pubblico si celava altro. Ripensò a una frase di Nietzsche che aveva letto il giorno prima - "Le cose più profonde odiano l'immagine e la similitudine, tutto ciò che è profondo ama mascherarsi". A suo avviso Cristiano Di Donato stava mascherando la ferita che quella morte aveva inferto al suo cuore, forse per cercare di difendersi dal dolore, forse dalla paura del distacco, ma facendo così si stava condannando da solo senza rendersene conto. O forse se ne rendeva conto e non gli importava? si chiese.
Il Procuratore chiamò sul banco dei testimoni uno dei ragazzi che facevano parte del gruppo che avrebbe dovuto rappresentare la performance di Michela Sala.
Augusto Centi.
Anche lui era bello, notò Kate. Di una bellezza diversa. Meno rude. Tanto Di Donato se ne infischiava di far colpo sulla

giuria, tanto Centi sembrava volerli incantare con la sua voce baritonale. Il suo sguardo profondo. L'espressione riverente.

«Michela era una donna di potere, non voleva essere sopraffatta» cominciò guardando i giudici con aria compresa. «Cristiano l'aveva esasperata con le sue scenate di gelosia, tanto che una sera mi usò proprio per mandargli un messaggio molto chiaro. Mi invitò nel suo appartamento e senza mezzi termini mi fece capire che voleva avere un rapporto sessuale con me.»

Nell'aula si levò un brusio e Kate si guardò intorno per osservare quelle persone che, come lei, erano interessate alla vicenda. L'espressione scandalizzata dipinta sui volti di molti dei presenti la diceva lunga sulla curiosità pruriginosa che li aveva portati in aula. La sua attenzione tornò a concentrarsi sul ragazzo.

«Ovviamente, è inutile nasconderlo, ne fui molto lusingato» stava dicendo Augusto Centi «anche se una volta finito capii che ero stato solo un tramite per allontanare Cristiano da lei e mi dispiacque. Michela era crudele. Voleva cacciarlo dallo spettacolo, ma preferiva che fosse lui ad andarsene. Così come ci aveva fatto toccare il cielo, poteva cacciarci dal suo paradiso solo schioccando le dita.»

KATE SI VOLTÒ verso Emma stringendosi il golf di cachemire nero intorno al collo.

«Dovresti ritrovare la testimonianza in quei documenti. Mi ricordo che al processo anche gli altri ragazzi confermarono le sue parole.»

«Continuo a pensare che ci sia qualcosa che non combacia» rifletté Emma. «Se i rapporti fra Cristiano e Michela erano così stressati, tanto che lo voleva mandar via, perché dipingere con lui un quadro addirittura col proprio sangue?»

«È un controsenso, sono d'accordo con te, lo pensai anche io all'epoca, ma nessuno vi prestò molta attenzione. E c'è dell'altro» insistette Kate, «se leggi bene le testimonianze, risulta che il giorno dell'omicidio Di Donato indossava dei pantaloni verde mela e una maglietta arancione. Lo affermarono sia il barista del locale dove lui fece colazione quella mattina, sia l'amica con cui tornò a Como in treno la sera.» Emma la ascoltava attentamente. «Ma nessuno notò macchie sui vestiti. Se fosse stato lui a ucciderla, con tutto il sangue che fu trovato sulla scena del delitto, possibile che non si fosse sporcato gli abiti?»

Anche Emma ebbe un brivido di freddo. L'orologio segnava le tre e la temperatura era scesa notevolmente.

«Tutto mi conferma che si siano fermati solo all'apparenza.»

Kate fece un cenno d'assenso.

«C'era una forte pressione da parte dei media e questo può aver avuto il suo peso.»

Emma si alzò.

«Mi chiedo se ho fatto bene ad accettare il caso» disse.

Kate la osservò con attenzione.

«Dipende da quanto credi nella sua innocenza.»

Emma rifletté poi chiese:

«Celia che farebbe?»

Anche Kate si alzò per tornare in camera.

«Gli darebbe una chance e cercherebbe di scoprire chi ha ucciso Michela Sala.»

«Come?»

La scrittrice sorrise.

«Ricomincerebbe dall'inizio di questa storia.»

CAPITOLO UNDICI

Quando Simona Di Donato le aveva chiesto di incontrarsi al Cimitero Monumentale, Emma era stata presa in contropiede.

«Veramente pensavo che saresti passata da me in agenzia» aveva replicato stupita.

«È l'anniversario della morte dei nostri genitori» le aveva spiegato Simona, «Cristiano ed io ci andavamo sempre insieme prima che... prima che succedesse.»

Emma continuava a non capire e Simona registrò la sua esitazione.

«Ti prego, so che può sembrare una richiesta strana, ma per me è molto importante che tu capisca chi è Cristiano, se deciderai di aiutarlo. Vorrei che vedessi una cosa.»

Emma non era riuscita a trovare un motivo valido per dirle di no. Avrebbe dovuto spiegarle che lì era sepolto l'uomo che aveva amato e che era stato ucciso in un agguato senza neppure sapere che sarebbe diventato padre. Che lei preferiva ricordarlo vivo piuttosto che recarsi a piangere su una tomba e quindi evitava accuratamente il Cimitero

Monumentale. Ma non poteva. Per questo alla fine aveva accettato.

Avevano appuntamento davanti ai cancelli dell'ingresso e, poco dopo essere arrivata, Emma vide Simona attraversare veloce la strada per raggiungerla.

«Grazie per essere venuta» le disse con calore, poi la precedette all'interno del cimitero.

Emma la seguì lungo il viale lastricato, cercando di non pensare alla tomba di granito grigio a guardia della quale i genitori di Giorgio avevano voluto un angelo di marmo nero con le ali spezzate. Per fortuna Simona si diresse verso il lato opposto del cimitero e alla fine si fermò davanti a una lapide di granito rosso che sormontava una lastra funeraria dello stesso colore. Una siepe ornamentale potata con cura la delimitava per tre lati. Emma rimase colpita da un simbolo scolpito sotto i nomi di Teresa e Mario Di Donato: era formato da un elemento verticale e due orizzontali più corti e inclinati.

Simona seguì la direzione del suo sguardo.

«Quella è Eihwaz, simboleggia la morte e la rinascita a una nuova vita» disse. Di fronte all'espressione interrogativa di Emma spiegò: «È una runa dell'antico alfabeto germanico, l'ha scolpita Cristiano.» Le indicò la siepe che circondava la tomba: «È tasso, la pianta associata a quella runa. Anche quella l'ha piantata lui. Dopo aver conosciuto Michela, Cristiano si era fissato con le rune, diceva che erano la chiave della conoscenza, un ponte da attraversare per compiere il viaggio sciamanico dell'iniziazione.»

«Per questo ha scolpito la runa sulla lapide?» chiese Emma.

Simona annuì.

«Mi ha spiegato che rappresenta il collegamento tra il nostro mondo e l'Aldilà. Al centro del segno verticale c'è una 'lacrima' quasi invisibile, una goccia di sangue simbolo della sofferenza che è parte della vita. La pianta del tasso è legata a quella runa perché esiste un 'tasso sanguinante', un albero da cui sgorga resina rossa come da una ferita. È un albero sacro, custode dell'immortalità.»

«Perché hai voluto che la vedessi?» chiese Emma sfiorando la runa con un dito. Non sapeva il motivo, ma si sentiva attratta da quel simbolo.

«Perché per lui questo era un viaggio spirituale, una ricerca dentro se stesso, ci credeva, faceva meditazione... come può una persona così commettere un delitto come quello?»

Emma non se la sentì di rispondere che ci sono serial killer imbevuti di una spiritualità malata e convinti con i loro delitti di compiere una missione divina.

«E la droga?» chiese invece. «Che ruolo aveva in tutto questo?»

Simona si irrigidì.

«Lui pensava che potesse aiutarlo nel viaggio.» Poi cambiò argomento.

«Quando lo hanno messo in prigione, si è fatto promettere che avrei avuto cura della loro tomba e della siepe» riprese. «Mi ha chiesto anche di andare dove è sepolta Michela, ma non l'ho fatto. Se non l'avesse incontrata, lui non sarebbe dov'è» si lasciò sfuggire e ancora una volta Emma percepì la sua ostilità.

Rimase in silenzio per un po', affascinata dal disegno della runa, così carico di simboli anche nella sua estrema essenzialità. Sentiva su di sé lo sguardo di Simona, la sua muta domanda, e si interrogava sulla propria lucidità. Su quanto la dolorosa storia di quei due bambini, poi ragazzi, e il loro legame così profondo e totalizzante avesse influenzato e potesse ancora influenzare il suo giudizio. E se davvero le cose fossero andate come avevano decretato i giudici? Se questa volta la verità processuale fosse la Verità? Al momento, a contrastare ciò che avevano stabilito i tre gradi di giudizio, non c'erano che la convinzione di una sorella, che avrebbe fatto qualsiasi cosa per quello che per lei era ancora un bambino da proteggere, alcune incongruenze e i dubbi sollevati dalla scelta degli investigatori di seguire una strada a senso unico. Troppo poco. Eppure il suo istinto le diceva che c'era di più. Ripensò alle parole di Kate: "Celia gli darebbe una chance". Guardò Simona e decise che le avrebbe detto la verità. Anche a costo di essere brutale.

«Ascolta, non voglio darti false speranze. A volte la risoluzione di un caso è una questione di fortuna, soprattutto quando si tratta di un cold case. Non dipende né dalle capacità degli investigatori, né dall'impegno che ci si mette. E se quel colpo di fortuna non capita, il caso rimane irrisolto.»

Una luce di speranza si accese nello sguardo di Simona.

«Questo significa che accetti?»

«Sì, ma non devi farti illusioni. Ripartirò da zero, ma non posso prometterti niente e non vorrei che...»

Simona non le diede il tempo di proseguire e d'impulso l'abbracciò con forza.

«Non sai quanto significhi per me che tu voglia metterti in gioco per lui.» Si staccò da lei e la guardò negli occhi. «Grazie Emma, sapevo di aver fatto la scelta giusta.»

CAPITOLO DODICI

"Celia avanzava nel tortuoso labirinto delimitato da alte siepi realizzato al centro del parco dell'antica villa, ogni volta convinta di aver individuato la via d'uscita, per ritrovarsi invece sempre allo stesso punto. Sapeva che l'uomo dalle tante identità, il feroce assassino di tutte quelle donne, era lì, dietro una delle svolte tutte uguali, e che la stava aspettando…"

Kate si interruppe perché, con la coda dell'occhio, aveva visto comparire una notifica sull'angolo dello schermo del computer. Le segnalava l'arrivo di una mail da Ivo Farnesi, un critico d'arte specializzato nelle avanguardie che aveva avuto occasione di conoscere quando ancora "frequentava il mondo reale" – come diceva con una buona dose di autoironia – e con cui aveva mantenuto i contatti grazie alla stima e alla simpatia reciproche. Decise di lasciare Celia a vagare ancora un po' nel labirinto e di ritardare il suo incontro con il serial killer per aprire la mail.

"Cara Kate" lesse "sono felice di sentirti e cercherò di rispondere alla tua richiesta. Sarei molto curioso di sapere a cosa è dovuto il tuo interesse per la povera Michela Sala ma immagino che dovrò aspettare l'uscita del prossimo romanzo." Seguiva un emoticon che faceva l'occhiolino. "Ti mando un po' di materiale che spero possa esserti utile e in particolare una videointervista che feci a Michela proprio il giorno prima che venisse assassinata in quel modo orribile. Per rispetto nei suoi confronti, non l'ho mai messa in rete ma confido nella tua discrezione e sono convinto che saprai farne buon uso. Michela era un'artista geniale, oltre a essere una donna bella e affascinante, e ho sempre pensato che la sua morte prematura abbia rappresentato una grande perdita per le avanguardie artistiche di questo nostro secolo. Non ho mai conosciuto Cristiano Di Donato, quindi di lui non so dirti nulla più di quello che ho letto sui giornali. Ma una cosa posso dirtela: al contrario di quello che hanno insinuato molti quotidiani e rotocalchi dopo il suo omicidio, Michela, per come l'ho conosciuta io, era una donna sensibile e molto fragile emotivamente, non una mangiauomini. Spero di esserti stato utile e di avere presto tue notizie. Ivo"

Kate si soffermò sull'ultima frase del critico e pensò che era controcorrente rispetto al ritratto che, più o meno apertamente, all'epoca dell'omicidio e poi del processo, era stato fatto della donna Michela Sala, una *femme fatale* che prendeva e lasciava gli uomini a suo piacimento e che non si faceva scrupoli ad avere più relazioni sessuali allo stesso tempo. Se una donna è libera e ha potere e talento, pensò, è facile che la scure del pregiudizio si abbatta su di lei, anche se è stata uccisa in modo così feroce. Per questo l'opinione di Ivo le sembrava importante. Scorse rapidamente il materiale che le aveva inviato – articoli, interviste, resoconti di mostre e performance – per soffermarsi sul video che il critico aveva allegato. Provò il brivido di eccitazione che uno storico o un archeologo provano di fronte a un documento inedito o a un reperto appena rinvenuto, che potrebbe condurre a scoperte inattese.

Cliccò con il mouse sull'icona del video e allargò lo schermo che un attimo dopo fu riempito dal volto di Michela Sala. Non era una bellezza classica, ma i grandi occhi scuri sottolineati dal kajal, la bocca sensuale, la massa di ricci castani un po' selvaggi e la carnagione olivastra bucavano lo schermo e catalizzavano lo sguardo. Un fascino naturale e irresistibile, si disse la scrittrice. Michela sorrideva.

"Ciao Ivo" anche la voce aveva un timbro armonioso. "Possiamo cominciare."

"Bene" il critico restava fuori dell'inquadratura che si allargava a mostrare l'atelier della performer. "Grazie Michela per avermi concesso questa intervista a pochi giorni dalla tua nuova performance. Ti va di dirci qualcosa in anteprima?"

"Certo, anche perché si tratta di un momento molto importante del mio percorso artistico e sono felice di parlarne con te. Voglio che *Odin* sia uno spettacolo liberatorio, un esperimento di arte totale che coinvolga tutti e cinque i sensi e faccia affiorare le pulsioni più profonde sepolte nel nostro inconscio. Per questo mi sono ispirata alle cerimonie rituali dei popoli arcaici. Voglio che durante la performance emergano gli istinti umani primordiali, quelli che di solito sono repressi dalle norme e dalle convenzioni sociali."

"Per questo lo hai intitolato *Odin*?"

"Sì, Odino non solo era la divinità più antica e potente dei popoli germanici e scandinavi, era soprattutto il creatore dell'universo. E noi vogliamo che la performance sia questo, un fluire di energia creativa. Arte in movimento."

"Noi?" chiese il critico.

"Sì, per realizzare lo spettacolo ho voluto scegliere cinque ragazzi, ognuno con una caratteristica particolare, un'essenza peculiare che dovranno portare sul palcoscenico quando useranno il loro corpo come mezzo di espressione e si immergeranno completamente nella musica, nella danza, nella pittura gestuale, senza vincoli, senza limitazioni, in modo che ogni elemento sia alchemicamente imprescindibile da tutti gli altri."

"E il tuo ruolo quale sarà?"

"Io sarò la sacerdotessa, la vestale della nostra rappresentazione."

A quel punto della ripresa l'inquadratura si allargava fino a comprendere alcuni pannelli alle spalle della performer.

"Lavorate anche alle scenografie?" domandò Ivo Farnesi.

Michela Sala annuì.

"Ho voluto rappresentare alcuni momenti salienti del mito di Odino. La conoscenza con l'albero cosmico, la battaglia con il furore guerriero, la poesia con il furore spirituale, la magia con la pratica estatica di divinazione."

Kate fermò l'immagine e osservò i pannelli, un'esplosione stilizzata di tinte forti, macchie intense di colore, un insieme cruento e al tempo stesso ipnotico che faceva pensare all'ingovernabilità degli istinti, alla furia delle passioni, ma anche alla luce abbagliante della conoscenza, alla vertigine dell'ignoto. Notò che uno era incompiuto e che sugli altri erano visibili dei simboli che non era in grado di interpretare. Cliccò di nuovo per far ripartire il video.

«Ho letto che Odino, per apprendere ogni forma di conoscenza, si sacrificò a se stesso legandosi a testa in giù all'albero sacro Yggrdasil, trafiggendosi con la sua lancia e rimanendo così per nove giorni" disse Ivo.

Michela sorrise.

"Hai studiato, bravo! È il nostro primo pannello, fu grazie a questo sacrificio che Odino entrò in possesso delle rune, la più grande fonte di mistero e conoscenza. Il loro potere simbolico mi ha sempre affascinato" proseguì la giovane artista "sono convinta che abbiano qualcosa di magico, di dirompente." Indicò i simboli sui pannelli "Per questo ne ho attribuita una a ognuno dei ragazzi, rappresenta la loro essenza autentica, quella che emergerà nella performance."

Ivo annuì e anche Kate si sorprese a farlo. Quella donna aveva senza dubbio un grande carisma e una rara capacità di fascinazione, si disse la scrittrice.

"Ci vuoi dire i nomi dei ragazzi che avranno il privilegio di partecipare alla performance?" chiese ancora Ivo.

"Cristiano Di Donato, Augusto Centi, Laura Molteni, Benedetto Clerici e Claudio Pellizzari."

Kate annotò rapidamente i nomi sul suo taccuino.

"Un'ultima domanda, Michela" disse il critico. "Che cosa significa per te fare arte?"

La performer fissò orgogliosa la telecamera.

"Per me è un'occupazione metafisica, voglio trasmettere consapevolezza, gioia, rabbia, passione, dolore, estasi…"

Sulle ultime parole partiva un commento musicale mentre l'inquadratura stringeva sul volto bello, espressivo e sorridente della giovane artista. Poi il video terminava.

Kate pensò che il giorno dopo Michela Sala era stata pugnalata quarantasette volte. Niente più carisma, né fascino, né promessa dell'arte d'avanguardia. Tutto era scivolato via attraverso il sangue che sgorgava da quelle ferite. La scrittrice rimase a fissare in silenzio lo schermo del computer. La tragicità della morte violenta la sconvolgeva sempre, era per questo che cercava di esorcizzarla scrivendo gialli in cui, alla fine, l'ordine veniva ristabilito. Mentre nella vita spesso le cose andavano in tutt'altro modo, si disse con un sospiro. Poi bandì le riflessioni tristi: così non avrebbe aiutato Emma, doveva essere operativa. Aprì il browser e digitò sulla tastiera il nome di Laura Molteni.

Più TARDI, quando Emma rientrò, Kate la aspettava.

«Ho fatto un po' di ricerche per te» le disse, mentre l'investigatrice si sfilava le scarpe con il tacco alto e si lasciava cadere su una poltrona.

«Sei impagabile, signora Scott» disse Emma con un sorriso, massaggiandosi i talloni.

La scrittrice scosse il capo.

«Davvero non so come fai a camminare su quei trampoli» commentò lanciando un'occhiata ai propri eleganti stivali dal tacco squadrato e di altezza molto contenuta.

Emma scoppiò a ridere.

«Non potrei mai rinunciarci, sono un po' la mia coperta di Linus» replicò. «Toglietemi tutto ma non i miei tacchi» aggiunse imitando una famosa pubblicità.

Kate la guardò divertita.

«In effetti non riesco a immaginarti senza quelli, sono parte integrante di te.»

Emma la fissò con impazienza.

«E adesso che abbiamo esaurito l'argomento tacchi, mi dici cosa hai trovato?»

«Curiosity killed the cat my friend» commentò Kate ridacchiando.

L'investigatrice le fece l'occhiolino.

«But satisfaction brought it back.»

Kate alzò le mani.

«Okay, okay, hai vinto. Un mio amico critico d'arte mi ha inviato un video inedito con la sua intervista a Michela Sala il giorno prima che venisse uccisa.»

«Accidenti!» Emma la guardò ammirata. «Non finisci mai di stupirmi.»

Kate sorrise, poi proseguì:

«Puoi vedere il video, l'ho girato sulla tua posta. Ma volevo anche dirti che Laura Molteni, l'unica ragazza dei cinque che Michela Sala scelse per la performance, domani presenterà alla sala congressi del Broletto una rassegna sponsorizzata dall'Associazione del Lago sulle sinergie tra arti figurative e letteratura, condotta da un famoso esperto. Fossi in te, ci farei un salto.»

«E questo come lo hai scoperto?»

«Lo sai che le notizie in rete non hanno segreti per me» replicò scherzosamente Kate.

Emma la fissò con aria solenne:

«Come te non c'è nessuno, signora Scott.»

CAPITOLO TREDICI

"*QUANDO L'HO VISTA IN QUEL SALONE HO CAPITO SUBITO CHE* *la volevo. La sua bellezza risplende, emoziona. L'ho avvicinata. Le ho parlato e Laura si è lasciata condurre nel mio mondo.*

È affascinata da me e forse anche qualcosa di più, anche se ne ha paura.

Nelle rune Thurisaz è incantesimo, magia, ammaliamento. Cercavo Thurisaz e l'ho trovata.

E io la voglio."

CAPITOLO QUATTORDICI

Il sole stava scendendo e bagliori dorati accendevano le cime dei monti lariani e creavano giochi di luce sull'acqua. Per un istante Emma restò incantata a fissare quello scenario fatato. Ogni volta la stupiva.

Chi è nato sul lago è legato all'acqua, ai colori, alla foschia argentata che lo avvolge, alle cime dei monti che si rispecchiano sulla sua superficie sempre uguali e sempre diverse. Ogni altro luogo, per quanto bello, può essere di passaggio, ma poi è lì, su quelle sponde, che vogliamo tornare.

Chiuse la macchina e affrettò il passo verso il centro, alzando il cappuccio della giacca per ripararsi dal vento freddo. Abbandonò il Lungolario e attraversò veloce piazza Cavour in direzione del Duomo. La conferenza iniziava alle sei e non voleva far tardi. Superò il McDonald's e pensò che al ritorno avrebbe preso un 'happy meal' a Tommy in via del tutto eccezionale. Detestava quel genere di alimentazione, ma sapeva quanto invece suo figlio la apprezzasse, forse proprio perché vietata. Sorrise tra sé e pensò che ogni tanto poteva anche uscire dal seminato per guadagnarsi una serata d'amore totale.

Arrivò davanti a uno dei palazzi storici più belli del centro - il Broletto - che, a suo avviso, dopo la riapertura aveva optato per una buona politica culturale. Di solito la location era riservata a mostre e happening, ma Umberto Fontana, il marito di Laura Molteni, era un politico molto in vista a Como e per l'Associazione del Lago patrocinata dalla moglie era riuscito a ottenere la sala congressi. Entrò e seguì le indicazioni che portavano al primo piano dove si teneva la conferenza.

La sala era gremita, su un piccolo palco approntato per l'occasione Laura Molteni stava facendo gli onori di casa, presentando al pubblico lo storico dell'arte che avrebbe parlato della copia del quadro di Leda e il cigno realizzato da Michelangelo Buonarroti, di cui erano state perse le tracce.

«Quello che abbiamo esposto qui» stava dicendo, «è una delle riproduzioni più significative attribuita a Rosso Fiorentino, come ci illustrerà ora il professor Gianmaria Tedeschi...»

L'attenzione di Emma non andò tanto al celebre critico quanto all'abito firmatissimo che indossava la "padrona di casa", che esaltava la sua bellezza particolare, sofisticata e al tempo stesso semplice. Ogni dettaglio era studiato, ma l'insieme risultava di una naturalezza disarmante. Guardandosi intorno, Emma riconobbe subito il marito, Umberto Fontana, che aveva visto nelle immagini sui giornali e sui tg locali.

In quel momento la stanza venne inondata dalla musica, le luci a poco a poco si spensero e sullo schermo dietro al palco cominciò la proiezione, mentre la Molteni scendeva e si allontanava verso una porta dal lato opposto.

Emma non perse tempo e la raggiunse. Si era fermata in una sala dove era stato allestito un leggero buffet. Mentre entrava, l'investigatrice la sorprese a mandare giù tutto d'un fiato un bicchiere di prosecco, a cui ne fece seguire un altro.

Emma cercò di richiamare la sua attenzione.

«Signora Molteni, posso parlarle un attimo?»

La donna si voltò di scatto, forse stupita di sentirsi chiamare col suo cognome. Da quando aveva sposato Fontana, infatti, aveva abdicato al proprio per un nome più prestigioso.

Il volto si distese subito in un sorriso stereotipato.

«Certo, cosa posso fare per lei?» chiese educatamente.

Emma si avvicinò e, indicando con lo sguardo i flûte, domandò:

«Posso?»

Subito la donna fece un cenno al cameriere che ne riempì due e glieli porse.

«Di cosa voleva parlarmi?» chiese la Molteni, facendole cenno di andare a sedere vicino a lei su un divanetto.

«Sto facendo una ricerca sulle avanguardie artistiche dei primi anni Duemila» disse Emma, pensando che in fondo non era una bugia. «So che lei faceva parte del gruppo dei giovani che lavorarono all'ultima performance di Michela Sala» continuò, studiando la sua reazione che, come aveva immaginato, arrivò subito.

Le bastò sentir nominare la performer perché Laura Molteni si irrigidisse di colpo.

«Mi scusi, ma quello è un periodo che non mi piace ricordare.»

«Lo immagino, deve essere stato un trauma, dopo aver lavorato a stretto contatto con lei, scoprire che qualcuno l'aveva uccisa in quel modo» insinuò l'investigatrice sperando che questo la sciogliesse un po'.

«Michela era una grande artista, quello che le è successo è stato atroce e la sua morte è stata una perdita inestimabile» disse la Molteni di getto, con un tremito nella voce.

Emma l'assecondò:

«Sono d'accordo con lei, Michela Sala aveva ancora molto da dire e da dare» sottolineò con enfasi.

L'altra annuì.

«Lei era unica, un'artista completa, autentica, incapace di compromessi. Quando in una stanza c'era Michela, il resto spariva. Era... luminosa. Ti bastava ascoltarla per sentirti proiettato nel suo universo. Lei si dava agli altri. Tanto e» fece una pausa, «pretendeva solo una cosa, rispetto.» La sua voce si incrinò. La donna strinse le labbra perfettamente disegnate da un rossetto color pesca e deglutì, cercando di trattenere le lacrime. Inutilmente. Quel ricordo doveva essere molto doloroso per lei, si disse Emma.

«Avevate un rapporto speciale?» le chiese quando la Molteni si fu ricomposta.

Laura annuì, tirando fuori dalla pochette un fazzoletto di batista per asciugare le lacrime.

«Michela mi aveva scelta, c'era una particolare magia fra di noi, qualcosa che ci legava, un sentimento molto profondo.»

Era giunto il momento di affondare.

«E Di Donato era geloso di lei?»

La donna alzò le spalle.

«Cristiano non poteva capire. Il nostro afflato era puro.»

«Ma fra lui e la Sala...» Emma lasciò la frase in sospeso.

La Molteni reagì d'istinto.

«La loro era solo una storia di sesso» rispose di getto. Poi riprese subito il controllo. «Non avrei mai creduto che potesse arrivare a fare una cosa simile. Ucciderla. E in quel modo. Era un tipo chiuso, difficile, ma non era cattivo.»

«Eppure nessuno al processo prese le sue difese.»

Ancora una volta nel giro di pochi minuti Emma la vide irrigidirsi.

«Se non si fosse drogato, non l'avrebbe ammazzata» ribatté lapidaria la Molteni. Poi si alzò, come a voler sottolineare che il discorso per quanto la riguardava si chiudeva lì. «Mi scusi, ma devo lasciarla, di là mi aspettano.»

Emma la ringraziò per il tempo che le aveva dedicato e la guardò uscire dalla stanza.

Era solo una sensazione, ma era sicura che quella donna le stesse nascondendo qualcosa.

CAPITOLO QUINDICI

«C'È QUALCOSA CHE LA MOLTENI SA E DI CUI NON VUOLE parlare» dichiarò Emma.

Avevano cenato insieme e poi erano passate in salotto. Kate, per ingannare il tempo, aveva acceso un bel fuoco nel camino e ora erano sedute davanti alle fiamme a parlare del caso, mentre Emma aspettava che la madre di un compagno di scuola di Tommy lo riportasse a casa. Anche se la primavera cominciava ad affacciarsi, le temperature sul lago continuavano a essere piuttosto rigide e il calore del fuoco era particolarmente piacevole.

«Ho fatto una ricerca sulla Molteni e ho scoperto che, dopo quell'esperienza, sposò Fontana abbandonando qualsiasi velleità artistica» disse Kate. «Lo sai che sono curiosa di natura e ho trovato una sua intervista in cui ammetteva che, senza la Sala, aveva perso l'entusiasmo e la motivazione per proseguire quel percorso.»

Emma annuì.

«Credo che si fosse invaghita di lei» rispose a conferma di

quanto la scrittrice aveva immaginato. «Bastava sentire come ne parlava per capirlo.»

Kate si avvicinò al fuoco e con un attizzatoio girò un tronco, soffiando per ravvivare le fiamme.

«Quindi, considerando la relazione che la Sala aveva con Di Donato, la Molteni non lo doveva vedere di buon occhio» rifletté pensierosa.

«Con me non si è sbilanciata. È chiaro che non lo amasse molto, ne ha parlato come di un ragazzo chiuso, ma ha anche specificato che non lo pensava capace di arrivare a ucciderla» rispose Emma. Poi chiese: «Tu all'epoca che impressione avesti di lei?»

Kate si sforzò di ricordare il momento in cui aveva visto Laura Molteni la prima volta nell'aula del tribunale.

«Era molto bella, ti incantavi a guardarla, una vera ammaliatrice. Non mi sarei stupita se la Sala l'avesse scelta per quel motivo. Su un palco sarebbe stata un raggio di luce. Ma la sensazione che ebbi fu che non ci fosse molto altro. Di certo in quel gruppo lei era la più fragile. Mi rammento solo la sua bellezza. Stranamente non ricordo molto, più ci penso più mi viene in mente solo una ragazzina bella e impaurita, a stento si sentiva la sua voce perché tremava.»

«Allora deve aver fatto un buon lavoro su se stessa, adesso è piuttosto spigliata quando parla in pubblico, anche se credo abbia dei problemi con l'alcool. L'ho vista bere tre prosecchi uno dietro l'altro e l'ha fatto quasi di nascosto, in un momento in cui pensava di non essere vista.»

Kate fece un sospiro profondo. Conosceva molto bene quel modus operandi. Quante volte aveva visto sua madre guardarsi intorno con occhi febbrili per poi prendere di nascosto la bottiglia di whisky e attaccarsi come se fosse semplice acqua.

«Forse la sua esistenza non è così scintillante come

sembra, si beve perché un malessere sottile ti accompagna e non ti lascia mai.»

Questa volta fu Emma ad annuire.

«Bisognerebbe sapere quando ha iniziato.»

«Sei riuscita a rintracciare qualcun altro?» chiese.

«Sì, Benedetto Clerici. Ho scoperto che appartiene a una nota famiglia nobiliare milanese. Alla morte del padre ha ereditato il titolo e da una decina di anni ha lasciato la dimora di Milano per trasferirsi nella tenuta in Brianza, dove vive da solo con il personale di servizio.»

«Scommetto che anche lui ha cambiato vita dopo il processo e non mi sembra un caso.»

«L'ho pensato anch' io» ammise Emma. «Dopo che gli avrò parlato, ti saprò dire.»

Proprio in quel momento il citofono squillò.

«Deve essere Tommy» disse Emma alzandosi per andare ad aprire al figlio.

Pochi istanti dopo Kate sentì la voce del piccolo che entrando parlava a raffica:

«Mamma, la maestra ha detto che dovete venire in classe per raccontare il mestiere che fate. Tutti portano con loro il papà e la mamma, anche Maya!» Tommy era eccitatissimo. «Io posso portare te e Kate!» lo sentì dire.

Pochi istanti dopo entrò in salotto correndo. Kate lo guardò e pensò che i bambini hanno quella rara capacità di aggiustare la realtà come più gli aggrada per non soffermarsi su qualcosa che può provocargli dolore, come la perdita di un padre.

«Kate non è tuo padre e non credo che...» cominciò Emma per evitare di mettere in difficoltà l'amica, ma lui non le diede ascolto.

«Kate, tu verresti per me a scuola, vero?»

La scrittrice scoppiò in una bella risata.

«Se me lo chiedi in questo modo come posso dirti di no? Ma tu sai che io non sono tuo padre e soprattutto sai benissimo che non esco di casa.»

Tommy la fissò serio.

«Mica sono scemo. Ma tu sei una scrittrice famosa e saresti sicuramente il mestiere più fico di tutta la scuola quindi dubito che la maestra non voglia che tu ti connetti col computer.»

Kate guardò Emma che intervenne:

«Non ti devi sentire obbligata.»

«Se l'insegnante non ha problemi con un collegamento esterno, mi farebbe piacere accontentare il mio amico» rispose la scrittrice guardando dritta negli occhi il bambino. «Non penso che sia difficile reperire tutta l'attrezzatura sul web e poi potremmo regalarla alla scuola, può sempre tornare utile.»

«Grande Kate!» disse Tommaso allungandole il cinque.

Kate ricambiò il saluto e lanciò un'occhiataccia alla madre che stava per obiettare qualcosa.

«Taci» l'ammonì, puntandole contro un dito. «Mi fa molto piacere e così potremo parlare del tuo lavoro di investigatrice partendo dalle storie della mia protagonista Celia.»

CAPITOLO SEDICI

Sdraiato nella sua cella Cristiano, con gli occhi chiusi, continuava a pensare a lei. A Michela. Al suo sorriso. Alle sue mani che lo accarezzavano. Al loro sangue che diventava colore, essenza.

Erano passati dieci anni ma nella sua testa tutto era come allora.

La stessa disperazione.

La stessa rabbia.

Lo stesso amore.

Da quando la Cassazione aveva ribadito la sua condanna anche l'ultima speranza che lo sorreggeva, la voglia di trovare chi l'aveva uccisa, era svanito. Voleva solo una cosa: morire. La sua esistenza non aveva più senso. E per questo aveva smesso di mangiare. Al quarto giorno aveva sentito le forze abbandonarlo, una specie di nebbia riempirgli la testa come ovatta e, felice, si era reso conto che, a poco a poco, si stava avvicinando a lei.

Al suo amore.

Udì un suono di passi. Qualcuno era entrato nella cella.

«Cristiano, hai una visita» disse la guardia di turno.

A fatica aprì gli occhi. Non voleva vedere nessuno. Perché continuavano a infastidirlo?

Una mano sulla spalla lo scosse.

«Tirati su. Andiamo. Ti aspettano in parlatorio.»

Cristiano rimase immobile e continuò a tenere gli occhi chiusi.

«Non farti pregare, datti una mossa.»

Anche la voce del secondino in quel momento era irritante.

«È mia sorella, dille che non me la sento» rispose con un filo di voce, soffocando il senso di colpa verso l'unica persona che gli era stata vicino in tutti quegli anni.

«Devi venire» insistette la guardia. «Altrimenti ti porteranno in infermeria, lo ha detto la direttrice.»

Cristiano si sollevò. La testa gli girava. Ma sapeva che, se voleva raggiungere il suo scopo, doveva fingere di star bene. Con uno sforzo enorme si alzò e seguì la guardia. Un passo dopo l'altro.

Quando entrò nella sala colloqui la vide, seduta al tavolo e, per l'ennesima volta, si chiese perché Simona si ostinasse a voler combattere.

«Criso...» L'espressione sul suo viso era preoccupata. «Come stai?»

Lui si sedette e Simona allungò le mani per stringere le sue.

«Ora bene, ma tu devi lasciarmi andare, te l'ho detto» rispose in un sussurro. Lo sguardo terrorizzato di lei lo ferì.

«Non dirlo nemmeno per scherzo» esplose accorata. «Ho parlato con la direttrice, se non riprendi a mangiare ti metteranno in infermeria.»

«La vita è mia, sono io che decido» scattò, nella voce tutta la rabbia che provava.

«La Castelli sta lavorando per noi, troverà nuove prove.»

Simona insisteva, voleva che lui reagisse, che riprendesse a lottare. Ma perché non capiva che era inutile?

«Non dopo tutto questo tempo» le rispose. Dalle sue parole trapelava l'amarezza che si era accumulata in quei lunghi anni di prigione. «Non ci credo più.»

Simona gli strinse ancora più forte le mani. Cercava di trasmettergli la sua forza, la sua speranza. Ma non sarebbe servito.

«Lei è speciale ed è convinta della tua innocenza. Troverà qualcosa, ne sono sicura.»

Cercava il suo sguardo, ma Cristiano abbassò gli occhi. Voleva chiuderli, tornare a sdraiarsi nella sua cella e pensare solo al momento in cui si sarebbe ricongiunto con Michela. Uruz e Algiz, il toro selvaggio, la creatività primordiale e la purezza, la sacerdotessa incontaminata. Uniti per sempre.

Con quell'ultimo verdetto ogni speranza era andata persa. Sapeva che la sorella non l'avrebbe mai accettato, ma per lui era così.

«Simi, perdonami se puoi, ma io non ce la faccio più.»

Si alzò e le diede un'ultima carezza prima di tornare in cella.

CAPITOLO DICIASSETTE

EMMA DIEDE UN BACIO A TOMMASO E LO GUARDÒ correre verso l'entrata della scuola. Stava tornando sui suoi passi quando vide arrivare Laura Molteni a bordo di una jeep. Lo sportello si aprì e una bambina con una lunga treccia bionda scese col suo zainetto. Emma non riuscì a sentire cosa si dicevano, ma era evidente dai lineamenti della piccola che Laura fosse la madre. Non conoscendola non ci aveva fatto caso, ma probabilmente si erano già incontrate. Proprio in quel momento, mentre la jeep ripartiva e dall'interno della scuola si sentiva la campanella richiamare gli alunni in classe, un'auto accostò ed Emma riconobbe immediatamente il guidatore.

Andrea.

Come sempre era arrivato sul filo di lana. Lui diceva che era colpa di Maya, ma la figlia la pensava in modo diverso. Scese in tutta fretta e lo ammonì:

«Se la maestra mi sgrida, glielo dico che è colpa tua!» Poi corse verso il portone e riuscì a entrare un attimo prima della chiusura.

Emma sorrise.

Quante volte si erano incontrati davanti alla scuola, trafelati? Tante. Forse anche l'essere tutti e due genitori single li aveva avvicinati. Ma ora non era più così. Amber era tornata e lei doveva tenerlo bene a mente. Amici. Dovevano essere solo amici.

«Ciao, ci prendiamo un caffè o devi correre in Questura?» lo salutò avvicinandosi, ignorando volutamente il disagio che le si era insinuato dentro.

Andrea la guardò.

«In realtà dovrei andare» rispose sulle sue, ma forse vedendo l'espressione delusa di lei aggiunse: «Comunque non saranno dieci minuti a cambiare qualcosa.»

Emma rimpianse il cameratismo che c'era tra loro, la capacità di ridere uno alle battute dell'altra. Adesso invece erano separati da un muro invisibile.

«In realtà ne ho proprio bisogno» riprese Andrea, «non posso iniziare tutte le mattine a cento all'ora» concluse scendendo dalla vettura.

Scosse la testa passandosi una mano fra i capelli sale e pepe ed Emma non poté fare a meno di notare quanto, nonostante l'età, sembrasse ancora un ragazzo. Un affascinante ragazzo da cui tenersi alla larga disse una vocina dentro di lei.

«Devi imparare a demandare, se vuoi sopravvivere» gli fece notare, pensando ad Amber.

Lui rise ma non commentò.

«Che hai fatto poi con quel caso di revisione? L'hai accettato?» le chiese invece.

Emma annuì, tirando dentro di sé un sospiro di sollievo. Certi argomenti erano meno a rischio.

«Sì. Ho letto gli atti del processo e credo che molte cose siano state tralasciate. Penso che Di Donato fosse il colpevole perfetto e che nessuno si sia sforzato di cercare un'altra verità.»

Sul viso di Andrea comparve un'espressione scettica.

«Come sappiamo tutti e due, a volte la soluzione più semplice è quella giusta. E comunque» aggiunse con un mezzo sorriso «se non sono casi difficili l'agenzia Castelli non li accetta, vero?»

Emma scrollò le spalle.

«Se no che gusto ci sarebbe?» rispose, ma tutti e due sapevano che l'impresa che aveva deciso di affrontare era quasi impossibile.

CAPITOLO DICIOTTO

EMMA SALÌ FRETTOLOSA LE SCALE DELL'AGENZIA. SIMONA le aveva telefonato angosciata dopo essere stata in carcere a trovare il fratello, chiedendole se potevano incontrarsi subito.

Non aveva voluto dirle di cosa si trattava, ma lei aveva percepito tutto il suo turbamento e le aveva chiesto di raggiungerla in agenzia. Ma era incappata in un rallentamento e temeva di essere in ritardo. Le sarebbe dispiaciuto trovarla in attesa sul pianerottolo. Fece l'ultima rampa con il fiato corto e per poco non investì un uomo alto e ben piantato con un grosso scatolone in bilico tra le braccia.

«Oh, mi scusi!» esclamò Emma bloccandosi di colpo.

Lui le sorrise.

«Tranquilla, è tutto sotto controllo.»

Emma notò che la porta accanto a quella dell'agenzia era aperta e all'interno si intravedevano altri scatoloni. L'appartamento era sfitto da un po' e quindi il tipo che aveva di fronte doveva essere il nuovo inquilino.

«Credo che siamo vicini, piacere, Emma Castelli» disse con un sorriso.

Lui lo ricambiò ed Emma notò le fossette che si formavano ai lati della bocca ben disegnata, gli allegri occhi verdi e i capelli ramati che gli ricadevano sulla fronte. Indossava dei jeans e un maglione ma era il tipo d'uomo che sarebbe stato bene anche con un saio, pensò.

«Mi sta facendo la radiografia?» chiese lui divertito.

Emma arrossì.

«Pardon, deformazione professionale» si giustificò e indicò la targa dell'agenzia.

«Un'investigatrice privata, interessante» disse lui. Poi posò a terra lo scatolone e le tese la mano.

«Davide Consoli, social media manager, mi sono trasferito oggi.»

Emma la prese: era calda e la stretta salda e forte.

«Beh, di nuovo piacere Davide, spero che si troverà bene.»

Lui sorrise di nuovo.

«Che ne dici se ci diamo del tu? Non chiederei mai l'età a una signora, ma direi che siamo coetanei…»

Emma rise.

«Volentieri, non sopporto le formalità. Allora ciao Davide, benvenuto!»

«Bentrovata Emma, non avrei potuto desiderare un migliore comitato di accoglienza» commentò lui rivolgendole un palese sguardo di apprezzamento.

In quel momento si udirono dei passi sulle scale e un attimo dopo Emma si trovò di fronte Simona, le labbra tirate, l'espressione tesa.

«Ciao Simona» la salutò. Poi si rivolse al nuovo vicino: «Scusa Davide, ma adesso devo andare, buon trasloco e se hai bisogno di qualcosa suona pure il campanello.»

Lui annuì.

«Non mi piace essere invadente, ma se mi autorizzi allora puoi scommettere che lo farò.»

Fece un gesto di saluto, recuperò lo scatolone e si avviò sulle scale.

Emma precedette Simona all'interno dell'agenzia.

«Allora, cosa è successo?» le chiese una volta dentro.

La sorella di Cristiano si lasciò scivolare su una sedia, come svuotata.

«Cristiano ha smesso di mangiare» disse con voce atona. «La direttrice del carcere mi ha fatto presente che, se continua così, lo ricovereranno in infermeria e probabilmente non potrò più vederlo.»

Emma cercò di non mostrare la sua preoccupazione. Se le cose stavano a quel punto, come poteva pensare di aiutarli? Non solo trovare nuove prove era una scommessa ma ci sarebbe voluto tempo... tempo che lei, vista la situazione, non aveva.

«Devi tornare da lui» disse invece. «Voglio che sappia che sto ricontrollando gli atti del processo, parlando con i testimoni, che sto rintracciando tutti i ragazzi del gruppo e farò il possibile per ricostruire i fatti. Ma non può mollare, non adesso.»

Simona sembrò accartocciarsi su se stessa.

«Ho cercato di dirglielo, di infondergli un po' di speranza, di trasmettergli la mia energia... ma per la prima volta ho sentito che ha alzato una barriera anche con me.»

Lasciò cadere la testa sul petto e chiuse gli occhi.

«E anch'io comincio a non averla più l'energia» mormorò.

Emma le si avvicinò e le mise le mani sulle spalle.

«Guardami» le disse.

Simona sollevò a fatica gli occhi velati di lacrime.

«Non sei più sola» le disse Emma. «Io voglio aiutarvi e lo farò con tutte le mie forze. Ma tu non devi cedere. So che è difficile, so che vorresti buttarti a terra e smettere di correre, ma da adesso correremo insieme, te lo prometto.»

Simona soffocò un singhiozzo.

«Grazie Emma» riuscì solo a dire.

CAPITOLO DICIANNOVE

"I NOSTRI DESIDERI ECLISSANO IL NOSTRO VERO BISOGNO.
Cercavo Nauthiz, la runa della prova estrema.
Qualcuno che la rappresentasse, in cui fosse presente la dolorosa paura della necessità, il rapporto d'odio / amore con i nostri bisogni.
Qualcuno che fosse fuoco, costrizione di libertà, impeto.
Ma anche capacità di sopravvivere a ogni difficoltà.
E l'ho trovato.
Lui è tutto questo anche se ancora non lo sa.
Benedetto è fuoco che macera dal di dentro, è noia del vivere perché ha avuto tutto ed è consapevolezza perché sa imparare dai suoi errori e da quelli di chi gli sta vicino.
L'ho scelto e lui ha scelto me.
Forse per noia.
Forse per curiosità.
Ma mi ha scelta."

CAPITOLO VENTI

L'UOMO AVANZAVA AL GALOPPO VERSO DI LEI. IL FISICO agile e snello si armonizzava alla perfezione con quello dello splendido animale che montava, ma ciò che colpiva di più, pensò Emma, era la corona di ricci completamente bianchi che gli svolazzavano intorno al volto di trentenne. Si scansò proprio mentre il cavallo scartava di lato per evitarla. Lui tirò le redini e si fermò, lo sguardo fisso su di lei.

«Posso sapere chi è e cosa fa qui?» aveva una voce bassa e ben modulata ma il tono era decisamente ostile.

Emma indicò l'imponente villa ottocentesca alle sue spalle, circondata da un curatissimo parco e difesa da un'alta cancellata in ferro battuto.

«Mi chiamo Emma Castelli, il suo domestico mi ha detto che lei era fuori e ho pensato di aspettarla» rispose, sfoderando un sorriso e la sua miglior faccia tosta.

In realtà, non essendo riuscita a trovare un recapito telefonico per prendere appuntamento con Benedetto Clerici, Emma aveva deciso di recarsi direttamente nella tenuta di famiglia ad Alzate. Ma un anziano maggiordomo dall'aria legnosa e scostante le aveva detto a chiare lettere che il marchese non riceveva nessuno e l'aveva invitata ad andarsene senza tante cerimonie.

Con un volteggio armonioso Clerici scese da cavallo e atterrò davanti a lei.

Emma pensò che, in una situazione diversa, una scena del genere avrebbe avuto un romantico sapore d'altri tempi, ma in quel contesto mancavano decisamente tutti i presupposti.

Se mai ce ne fosse stato bisogno, l'espressione di lui e la frase successiva non fecero che confermarglielo.

«Immagino che le abbiano detto che non ricevo visite, soprattutto se *inaspettate*» sottolineò volutamente la parola.

Emma fece una faccia contrita.

«Lo so, ma avrei bisogno di farle solo qualche domanda, è importante.»

Le parole di lui si persero nell'abbaiare assordante di una muta di cani che arrivavano dal viale di accesso alla villa e che si avventarono letteralmente contro il cancello. Emma fece istintivamente un salto indietro. Non c'era dubbio che l'ospitalità fosse una parola sconosciuta agli abitanti del posto, umani e non.

«Rolf, Leopold, Kaiser, Lothar silenzio, a cuccia!»

Alle parole del padrone i quattro animali tacquero e obbedirono, accovacciandosi e limitandosi a uggiolare.

Dietro di loro comparve il domestico che l'aveva invitata ad andarsene, tra le mani reggeva un vassoio d'argento con un bicchiere di cristallo con dell'acqua e un piattino di porcellana con alcune pillole.

«Mi dispiace signorino Benedetto, avevo detto alla signora che lei non riceve nessuno» si scusò. Le lanciò un'occhiata astiosa: «Pensavo che fosse andata via.»

Emma sfoggiò un sorriso angelico.

«Invece sono ancora qui.» Poi si rivolse a Clerici: «Può

dedicarmi cinque minuti?»

Lui sbuffò.

«Si può sapere perché è venuta? È una giornalista?»

Emma scosse il capo.

«No, sono un'investigatrice privata.»

Lo vide irrigidirsi.

«Cosa vuole da me?»

Era inutile girarci intorno.

«La sorella di Cristiano Di Donato ha bisogno di trovare degli elementi nuovi per chiedere la revisione del processo.»

Lui rimase in silenzio per un po' ed Emma cercò di indovinare cosa si agitava dietro quegli occhi dello stesso verde intenso dei prati che li circondavano. Preoccupazione? Rimpianto? Senso di colpa?

Il domestico intervenne:

«Le sue pillole signor marchese, è in ritardo con l'orario.»

Clerici allungò la mano ed Emma notò un leggero tremito. Lui prese il bicchiere e le pillole attraverso le sbarre del cancello, che evidentemente non aveva intenzione di aprire e, dopo averle mandate giù, tornò a rivolgersi a Emma.

«È un periodo che non amo ricordare» dichiarò. «La morte di Michela ha sconvolto la vita di tutti noi, è stato orribile» aggiunse abbassando la voce e distogliendo lo sguardo.

«Non ha mai avuto dubbi sulla colpevolezza di Di Donato?» chiese Emma a bruciapelo.

Benedetto scosse la testa.

«Era tutto contro di lui.»

«Ma voi eravate amici?» lo incalzò Emma.

«Amici… bisogna vedere che significato dà lei a questa parola. Eravamo affascinati da Michela. Ci sentivamo gli eletti perché ci aveva scelti e questo ci univa ma in realtà, una volta che lei è scomparsa, non ci siamo più sentiti. Volevamo solo dimenticare» concluse.

«È per questo che lei si è chiuso qui?» insisté Emma.

Lui indicò il cavallo e i cani.

«Ho scoperto che la loro compagnia è migliore di quella dei miei simili» affermò. «E adesso la pregherei di lasciarmi, mi sembra di aver risposto alle sue domande e devo andare in scuderia a occuparmi di Pellegrino.»

A sentire il suo nome il cavallo nitrì e gli strofinò il muso su una spalla.

Benedetto guardò Emma:

«Che le avevo detto?» disse accarezzando il manto fulvo dell'animale.

Poi le voltò le spalle, mentre il domestico apriva il cancello per lasciarlo entrare.

«Un'ultima cosa» lo richiamò Emma.

Lui si bloccò.

«Cristiano Di Donato si è sempre proclamato innocente e dopo la sentenza della Cassazione ha tentato il suicidio. Cosa ne pensa?»

Quando Clerici tornò a guardarla, tutto nel suo atteggiamento, si disse Emma, parlava di chiusura.

«Ognuno si racconta la propria verità, signora Castelli. E adesso mi scusi» dopodiché entrò e si richiuse il cancello alle spalle, ignorandola.

Emma lo guardò allontanarsi tenendo le redini del cavallo, preceduto dal maggiordomo e seguito dai cani che latravano festosamente. Uno strano corteo, si disse.

Mentre si dirigeva verso la macchina, rifletté sul fatto che né Clerici né la Molteni avevano messo in discussione la colpevolezza di Di Donato. Poi si chiese cosa fossero le pillole che il domestico del marchese gli aveva portato con tanta sollecitudine e se avessero a che fare con il tremito delle mani che aveva notato. E se i suoi capelli fossero diventati bianchi a seguito di quello che era successo dieci anni prima.

CAPITOLO VENTUNO

.

KATE SI PORTÒ LE MANI DIETRO LA NUCA E SI stiracchiò. Era stata una giornata proficua. Era riuscita a chiudere il capitolo della fuga di Celia mettendola in salvo, aveva acquistato tutta l'attrezzatura per la videoconferenza della scuola di Tommy e aveva trovato un link di una rivista online con un articolo su Augusto Centi in occasione del prossimo spettacolo che avrebbe tenuto proprio a Como.

Per fortuna esisteva internet, una finestra sul mondo che le permetteva di vivere di riflesso quello che accadeva all'esterno della sua bellissima gabbia dorata.

Cliccò sul link che aveva memorizzato e sul monitor comparve l'immagine a schermo pieno del performer.

Kate lo ricordava bene al processo. L'aveva colpita perché, fra tutti i ragazzi, era quello più "umile". Forse a causa delle sue origini - le sembrava che la famiglia avesse un banco di frutta e verdura al mercato -, forse semplicemente per la paura di quello che stava vivendo, il terrore che gli venisse portato via tutto ciò che aveva costruito fino a quel momento. Dalle informazioni che aveva raccolto sul web, risultava che Centi aveva frequentato la scuola del Piccolo Teatro di Milano per diplomarsi come attore, era l'unico che aveva già una preparazione professionale quando era stato ingaggiato dalla Sala. Ed era l'unico che aveva continuato un percorso artistico.

Kate passò alla lettura dell'articolo. La giornalista aveva intervistato Centi nel suo studio, un ambiente raffinato a giudicare dalle immagini, dove probabilmente provava anche i suoi spettacoli. Lungo le pareti, le foto a corredo dell'articolo mostravano numerose tele appoggiate le une alle altre in modo apparentemente casuale, ma in realtà studiatissimo. Kate notò che per lo più erano astratti a tinte forti, che sembravano voler creare un impatto shock. La didascalia riportava che si trattava delle opere che il performer aveva più a cuore, quelle che avevano segnato il suo percorso artistico. Lo spazio era delimitato da una scrivania in vetro modernissima e da un impianto stereo professionale. Centi indossava un maglione nero a collo alto e dei pantaloni di velluto anch'essi neri. I profondi occhi scuri erano sottolineati dal kajal e lui appariva molto compreso nel ruolo in cui si era calato: il grande regista, testimone del suo tempo. All'intervistatrice spiegava che nella performance che stava mettendo in scena l'attore non era altro che un mezzo d'espressione immerso in altri elementi quali musica, danza, materia, colore.

«Il mio lavoro in pratica è un'accumulazione lenta e casuale di significati che emergono durante le prove» lesse Kate «non parto da un'idea fissa e preordinata, ma accolgo quello che nasce nel lento processo di creazione, attribuendogli un significato.»

La scrittrice si soffermò a pensare che il regista intervistato era una persona ben differente da quella che lei ricordava, e nella mimica e nella gestualità. Centi oggi appariva come un artista completamente ego-riferito, mentre all'epoca sembrava uno che cercava di mantenere il controllo tenendo sempre un basso profilo.

Certo, dieci anni fa era ancora un illustre sconosciuto, oggi è uno dei performer più discussi del panorama milanese. Oggi è lui l'avanguardia.

CAPITOLO VENTIDUE

"*SAPEVO CHE L'AVREI USATO. MI È BASTATO SENTIRLO A QUEL saggio per capire la sua potenza.*

Augusto è voce, comunicazione.

È Ansuz, la razionalità. La ricerca che non si arresta.

Ti ubriaca con le parole. Verità. Bugia. Tutto in lui è fascinazione.

Sapevo che sarebbe stato mio.

In Odin lui sarà la voce."

CAPITOLO VENTITRÉ

Tommaso era rimasto a dormire a casa di un compagno di scuola, così Emma si era potuta fermare con calma in un'erboristeria dove aveva visto un oggetto per Kate. Un bel regalo di non compleanno, pensò sorridendo, augurandosi di riuscire a stupire l'amica.

Quando arrivò a Villa Mimosa andò diretta verso lo studio, bussò e rimase sorpresa di trovare la stanza chiusa. Di solito Kate lavorava fino a tardi, invece quel giorno aveva staccato prima.

«Emma, sono qui.» La voce proveniva dalla palestra in fondo al corridoio.

Kate doveva aver sentito che era rientrata. La raggiunse e la trovò sul tapis roulant che camminava a passo sostenuto.

«Cinque minuti e ho finito» le disse tergendosi il sudore con un asciugamano. «Avevo bisogno di sgranchirmi le gambe.»

Emma posò il pacchetto su un ripiano.

«Questa è per te, spero che ti piaccia» disse indicando la confezione.

Kate spinse il pulsante per calare la velocità ed entrare nel mood defaticante.

«Che cos'è?» domandò incuriosita. Di solito Emma portava a casa dolci o specialità gastronomiche, ma non si azzardava ad acquistare oggetti per paura di essere banale.

«Devi scoprilo da sola.»

Kate si fermò e scese dalla macchina. Scartò il pacchetto e gli occhi le brillarono di piacere.

«Non ci posso credere!» esclamò, contemplando la scatola che aveva in mano. «Hai trovato i Gong Yi HuaCha! Come facevi a sapere che mi piacevano? Quando nel Fujian, in Cina, ho visto per la prima volta i fiori di tè sbocciare nella teiera sono rimasta senza fiato. Ed è bellissima anche questa *teapot* di vetro» aggiunse rigirando l'oggetto fra le mani. «Grazie! Ma anch'io ho una sorpresa per te» le comunicò. «Sono riuscita a ritrovare il mio taccuino. Non mi capacitavo di averlo perso, così sono tornata in soffitta e alla fine l'ho scovato. Era caduto dietro la cassettiera.»

«Gli hai dato un'occhiata?» chiese Emma speranzosa.

«Sì, in realtà avevo riportato solo qualche impressione, ma forse ti può essere utile. Ad esempio, avevo notato che nell'interrogatorio di Laura Molteni c'era stato qualcosa di strano…

DIECI ANNI PRIMA – Interno aula tribunale

L'aula era gremita. Kate si era seduta di nuovo in prima fila, catturata da quel processo di cui non aveva perso un'udienza. Non era la prima volta che seguiva un dibattimento dal vivo per respirare la tensione dell'aula, studiare le psicologie dei testimoni e degli imputati, ma questo aveva qualcosa di particolare. Forse per la peculiarità della vittima, per il tipo di delitto, per l'impenetrabilità dell'imputato. Quella mattina era previsto l'interrogatorio di Laura Molteni, l'unica ragazza del gruppo scelto dalla Sala. Kate notò che la giovane passava vicino a Cristiano Di Donato tenendo gli occhi bassi. Paura? Disagio? Sottomissione?

«Ci può dire dov'era il pomeriggio del tredici agosto?» la voce del Pubblico Ministero risuonò chiara e forte.

«Quel giorno Augusto insistette per incontrarci al bar all'angolo vicino casa sua» rispose la giovane con un filo di voce, fissandosi le mani.

Il giudice la riprese:

«Signorina, vorremmo sentirla anche noi.»

La Molteni alzò la testa, fece un profondo respiro, poi:

«Avevamo deciso di restare in città per lavorare un po' insieme. Il sedici era fissata una prova generale con Michela e volevamo arrivare carichi.»

«Così quel pomeriggio vi vedeste tutti insieme, lei, Centi, Pellizzari e Clerici?» chiese il PM.

La ragazza annuì.

«Sì, alle sei ci incontrammo al bar e poi alle sette e mezza ci spostammo tutti da Augusto per le prove.»

«E Di Donato non era con voi?»

«No, si doveva vedere con Michela.»

«Lei era a conoscenza del fatto che la Sala intratteneva un rapporto particolare con Cristiano Di Donato?»

La Molteni fece un cenno di assenso con la testa.

«Sì, lo sapevamo tutti, ma c'erano dei problemi...»

Questo combaciava con quanto aveva ammesso il ragazzo, pensò Kate.

«Da cosa lo avevate capito?» insistette il PM.

«Dall'atteggiamento di Cristiano e da quello che Michela aveva detto ad Augusto.»

«Può essere più chiara?»

«Cristiano era molto possessivo e Michela non tollerava il suo atteggiamento, tanto che stava pensando di mandarlo via dal *gruppo. Quel pomeriggio parlammo proprio di questo, di come potevamo farle cambiare idea.»*

EMMA AVEVA SEGUITO con attenzione il racconto di Kate. «E Di Donato come reagì alla testimonianza di Laura Molteni?» chiese.

«Non reagì» rispose Kate. «Sembrava perso in un mondo tutto suo. Non so nemmeno se l'avesse ascoltata.»

Emma rifletté prima di parlare di nuovo.

«Quindi sembrava che gli altri ragazzi del gruppo volessero aiutarlo» rimarcò alla fine.

«Così dissero, ma nessuno di loro mise in dubbio la sua colpevolezza né prese le sue parti. Mi domandai se fosse per gli scatti d'ira di cui parlarono tutti, o per paura di restare in qualche modo coinvolti.»

Emma si alzò.

«Stasera voglio dare un'occhiata alla perizia che venne fatta all'epoca. Domani ho appuntamento con Augusto Centi, gli chiederò di questi scatti di rabbia e del perché nessuno prese le difese di Di Donato.»

Uscirono in corridoio e si avviarono verso la scala che portava al piano superiore. Passando davanti alla porta dello studio, Kate si fermò voltandosi verso l'amica.

«Il taccuino l'ho lasciato sulla scrivania, se ti interessa puoi prenderlo.»

«Grazie.»

«Dimenticavo, c'è anche un'altra cosa che mi incuriosì perché al processo nessuno ne tenne conto, tanto che me la annotai» aggiunse Kate.

Emma la fissò interrogativa.

«Non tenermi sulle spine come fai con i tuoi lettori.»

Kate sorrise sorniona.

«Nell'appartamento della Sala fu trovata una piccola macchia di sangue proprio accanto all'interruttore vicino all'entrata, come se l'omicida avesse spento la luce prima di andarsene. Peccato che fosse il tredici agosto, quel giorno il sole a Milano tramontò alle venti e trentaquattro e a quell'ora il tuo cliente era in stazione e stava prendendo il treno per Como, come dimostrarono il biglietto ferroviario e la testimonianza di una sua amica.»

CAPITOLO VENTIQUATTRO

"*Avevo promesso una lezione al Dams. Non avevo voglia di andare, ma sentivo qualcosa che mi spingeva a farlo. Un segno.*

Perché lui era lì.

Si è alzato per farmi una domanda e l'ho percepito per ciò che è: forza, rabbia, puro istinto.

Uruz, il toro, la natura selvaggia, la creatività primordiale. Ma anche la capacità di domarla.

Sangue, ossa, pelle, carne: gli elementi necessari alla sopravvivenza dei primi uomini.

Cristiano. Nel nome la contraddizione.

Una serata insieme, un flusso ininterrotto di parole, un'osmosi assoluta.

Condividiamo tante cose, condividiamo l'essenza dell'arte.

Lui è la versione maschile di me.

Uruz e Algiz. Il toro e il cervo.

La forza creativa e la rinascita, la fecondità, l'inizio di ogni cosa.

Inscindibili."

CAPITOLO VENTICINQUE

L'INFERMERIA ERA SILENZIOSA. NELLA PENOMBRA I tratti di Cristiano sembravano distesi ma Simona sapeva che era un'illusione. Il medico era stato molto chiaro: se non avesse ripreso a nutrirsi, il suo corpo per sopravvivere avrebbe cominciato a consumare la massa muscolare, indebolendolo sempre di più.

Grazie all'intervento della direttrice, aveva ottenuto dal giudice un permesso speciale per fargli visita in un luogo dove aveva accesso solo il personale del carcere. Ma ora, seduta lì accanto al fratello assopito, provava una dolorosa sensazione di impotenza. Era una donna forte, non si era mai raccontata bugie e non poteva non prendere atto di ciò che stava succedendo: Cristiano si stava lasciando morire e niente sembrava far breccia nella sua decisione.

È tutta colpa tua, Michela.

Era per seguire lei che il fratello aveva imboccato una strada senza uscita.

Per lei che stava scontando una condanna ingiusta.

Per lei che stava rifiutando di vivere.

Maledetto il giorno che ti ha incontrata.

Simona accarezzò le mani di Cristiano ed ebbe l'impressione che la pelle si fosse assottigliata. Provò una stretta al cuore. Dopo la morte dei genitori, aveva sempre fatto il possibile per vegliare su di lui, per difenderlo dalla cattiveria del mondo. Lui era un'anima pura e lei doveva fargli da scudo. Come succedeva quando i bulli lo aggredivano per strada o a scuola, o quando aveva cercato di proteggerlo dal dolore della perdita di papà e mamma. Gli aveva raccontato che erano andati in un posto lontano dove solo lei poteva raggiungerli, perché lui era ancora piccolo. Gli diceva di chiudere gli occhi e di contare, aspettando che lei tornasse. Fingeva di sparire e quando riappariva aveva un regalo e un messaggio per lui da parte loro. Cristiano aveva voluto crederci. E Simona avrebbe fatto qualsiasi cosa pur di saperlo sereno.

Ma di tutto questo adesso non restava nulla. Cristiano si era incamminato su una strada dove a lei non era permesso seguirlo e poteva solo essere testimone del suo viaggio verso il buio.

In quel momento lui aprì gli occhi e le rivolse un debole sorriso.

«Simi…»

Qualcosa dentro Simona si ribellò. Con forza.

«Non puoi mollare, Criso.»

Gli prese il polso e gli accarezzò il tatuaggio che rappresentava due linee verticali parallele unite da un segmento diagonale. Sull'avambraccio si leggeva la scritta: "Ch'io possa combattere e vincere i pericoli e le forze avverse".

«Sei un combattente» proseguì Simona. «Lei lo sapeva.» Fece uno sforzo enorme per pronunciare l'ultima frase, quella che sperava avrebbe potuto raggiungerlo oltre il suo muro di dolore: «Per questo ti amava. Fallo per lei, fallo per Michela. Non avrebbe mai accettato che ti lasciassi andare così.»

Lui la guardò e scosse appena il capo.

«Michela...» mormorò. «Perché non vuoi capire, Simi? Lei mi sta aspettando.»

Chiuse di nuovo gli occhi e Simona si sentì sconfitta.

CAPITOLO VENTISEI

«QUANDO HO LETTO SUI GIORNALI CHE CRISTIANO AVEVA tentato il suicidio avrei voluto andare in carcere a trovarlo» disse Augusto Centi.

L'aveva ricevuta nel suo studio, un grande loft con un pavimento di parquet pregiato e le pareti rivestite di drappi neri.

«Ma non lo ha fatto, come non c'è mai andato in tutti questi anni» affermò Emma. «Può dirmi perché?»

Centi la fissò diretto.

«Posso essere sincero?» il performer abbassò lo sguardo in modo teatrale. «Perché mi vergognavo» disse in un soffio scandendo bene le parole. Emma tacque e lui continuò: «Lei deve capire che lì dentro» e chiaramente faceva riferimento al gruppo di ragazzi selezionato da Michela Sala, «gli unici che avevano veramente qualcosa da dire, una chance di emergere, eravamo io e Cristiano, ma mentre io sono riuscito ad affermarmi, lui...» Lasciò volutamente la frase in sospeso, sottolineando i suoi pensieri con un'espressione melodrammatica.

Per un attimo Emma pensò che quella era una bella rappresentazione recitata a suo esclusivo beneficio.

«Lei credeva nella colpevolezza di Di Donato?» lo stuzzicò.

Il performer scosse il capo.

«A dirla tutta no, anche se abusava di droga e alcool, anche se aveva delle crisi di rabbia violentissime, no.» Tornò a guardarla. «Non ho mai creduto fino in fondo che l'avesse uccisa lui.»

«Però in aula non prese mai le sue difese.»

Centi alzò le spalle con fare rassegnato.

«Ha ragione, ma temevo di perdere quel poco che avevo guadagnato. Mi limitai a rispondere alle domande degli avvocati e del pubblico ministero. Se mi vuol dare del vigliacco lo accetto, ha ragione» sottolineò chinando la testa.

«Non è questo il punto» ribatté Emma. «Ma se lo riteneva innocente, non si è mai chiesto chi l'avesse uccisa?»

Augusto Centi inarcò il sopracciglio destro, sembrò sul punto di dire qualcosa, ma poi ci ripensò e rimase in silenzio.

«Ho letto gli atti,» lo incalzò l'investigatrice «tutti i ragazzi del gruppo confermarono che Michela Sala, pur di allontanare Di Donato, gli fece intendere che voleva fare sesso con lei. E che fosse geloso e possessivo era una cosa nota. Perché allora non crede che l'abbia uccisa lui?»

«Michela mi usò per metterci uno contro l'altro» rispose Centi secco. «Tutto qui. Le piaceva farlo, le dava la sensazione di avere potere su di noi. Ma io stimavo Cristiano e non mi volevo mettere in mezzo. E lui lo capì.»

«Allora chi poteva aver interesse a ucciderla?»

«Non lo so, non ho una risposta. Quello che è certo è che Cristiano era il colpevole perfetto e nessuno cercò più di tanto.»

«È quello che credo anch'io.»

Centi si fece attento.

«Pensavo che dopo il verdetto della Cassazione non ci fosse più nulla da fare.»

«Se trovassi nuove prove decisive, potremmo chiedere un processo di revisione ed è quello a cui sto lavorando» rispose Emma, poi tirò fuori dallo zaino il suo portafoglio dal quale estrasse un biglietto da visita. Glielo porse. «Se le viene in mente qualcosa, qualsiasi cosa, non esiti a chiamarmi. Talvolta sono i piccoli dettagli che fanno luce sulla verità.»

Lui annuì, prese il biglietto e le tese la mano. L'incontro era finito.

Solo allora Emma si guardò intorno.

«Lei prova qui?»

«Qui creo, lascio sedimentare le idee, le coltivo. Vede, tutte queste opere mi accompagnano nel tempo, scenografie di oggi, di ieri, della mia vita» dichiarò, indicandole teatralmente i pannelli appoggiati alle pareti.

«Bellissimi» commentò Emma congedandosi. «La ringrazio per avermi dedicato il suo tempo.» Ma uscì con la sgradevole sensazione che quell'uomo fascinoso non le avesse detto tutta la verità.

CAPITOLO VENTISETTE

La sera prima Emma, dopo averle raccontato del suo incontro con Centi, le aveva detto che non era riuscita a rintracciare Pellizzari, di lui sembrava si fossero perse le tracce. Kate si chiedeva come potesse aiutarla. Aveva impostato il capitolo da scrivere e si era meritata una bella pausa e un caffè. Si alzò e si diresse in cucina.

«Buongiorno signora, vuole che le prepari qualcosa?» chiese Maria vedendola comparire.

La scrittrice scosse la testa e le sorrise.

«Non preoccuparti, ci penso da sola» rispose, poi vide sul tavolo il suo taccuino. Emma doveva averlo dimenticato. Lo prese e, dopo aver preparato un caffè lungo, si spostò nel giardino d'inverno. Cagliostro la raggiunse e con un balzo si accomodò sulle sue gambe.

Kate non sapeva bene cosa cercare, per cui scorse velocemente gli appunti fino ad arrivare a un paragrafo dove trovò riportata una parte della testimonianza di Pellizzari.

"*...avevo incontrato Cristiano al* DAMS *a Torino, era stato lui a parlarmi delle selezioni che stava facendo la Sala, così* *quando lei mi prese gli chiesi se potevamo dividere la sua stanza a Milano. La mia famiglia è di Bergamo, mio padre ha una ditta di materiale elettrico, e con gli orari delle prove era impossibile fare su e giù...»*

Sottolineò la frase con una matita. Si alzò facendo scendere il gatto, doveva fare una verifica.

«KATE, KATE, DOMANI SI INIZIA!»

La scrittrice sobbalzò sulla sedia. Era talmente concentrata che non aveva sentito entrare in casa Emma e Tommy e, quando il bambino aveva fatto irruzione nello studio, si era spaventata a morte. Si voltò verso di lui inspirando profondamente.

«Tommaso, lo sai che non mi piacciono queste sorprese» lo redarguì seria.

Il piccolo abbassò lo sguardo mortificato.

«Scusa, non lo farò più. Volevo solo dirti che domani si farà il collegamento da scuola» bofonchiò a mezza voce.

«Perfetto, significa che è arrivata tutta l'attrezzatura.»

Il volto di Tommaso si aprì in un sorriso.

«Sì, ho visto la maestra che scartava i pacchi. Da cosa comincerai?»

Kate non riusciva a tenergli il broncio, quel piccolo uomo in miniatura aveva conquistato il suo cuore.

«Tu da dove vorresti che cominciassi?»

«Da come nascono le tue storie, da Celia» rispose il bambino con entusiasmo.

Lei si portò la mano destra alla fronte simulando un saluto militare e rispose:

«Agli ordini, comandante.» Con la coda dell'occhio vide Emma che si affacciava nella stanza e la richiamò: «Ho trovato il tuo Pellizzari, ecco l'indirizzo, adesso lavora nella ditta di famiglia, è responsabile dell'amministrazione. Qui ci sono gli orari di apertura» disse porgendole un Post-it.

Emma la fissò incredula.

«Ma come hai fatto? Un'altra delle tue magie?»

La scrittrice rise.

«Qualcosa di molto più – come dite voi? – terra terra» proseguì. «Ho cercato sul taccuino dei miei appunti e ho trovato una sua dichiarazione. Mi sono ricordata che all'epoca ero rimasta colpita perché Pellizzari veniva da una solida famiglia di industriali e iscrivendosi al Dams aveva fatto una scelta un po' anomala, forse proprio perché aveva le spalle coperte» rifletté.

«Ieri sera avevo riletto tutto, ma mi era sfuggito.»

Kate la guardò seria.

«Leggi troppo la notte, ogni tanto dovresti riposarti.»

Tommy si intromise.

«Non è per quello, tu sei più brava della mia mamma!»

La scrittrice scosse la testa.

«Non è vero. Abbiamo doti diverse e complementari. Ricordati questa parola per la prossima partita a Scrabble.»

CAPITOLO VENTOTTO

KATE LANCIÒ UNO SGUARDO ALLA SUA IMMAGINE riflessa sul monitor e con una mano allontanò alcune ciocche che le ricadevano sul viso, riprommettendosi di chiamare al più presto Linda Giordano, la parrucchiera, perché venisse a sistemarle il taglio. Tutto era pronto per il collegamento con la scuola di Tommaso e si ritrovò a pensare che, se qualche anno prima le avessero detto che avrebbe fatto una presentazione in una scuola elementare, si sarebbe messa a ridere. Le era più facile instaurare rapporti con gli adulti piuttosto che con i bambini, ma con Tommy si era creata un'alchimia speciale e avrebbe fatto qualsiasi cosa - nei limiti dell'accettabile - per accontentarlo. Grazie a lui e ad Emma la sua vita aveva ripreso una parvenza di normalità e gliene era grata. Adesso erano loro la sua famiglia, il sentimento che li legava era forte e prezioso e per lei da difendere a ogni costo.

Un'ultima occhiata allo specchio le rimandò l'immagine di Kate Scott, la scrittrice internazionale che si era rifugiata sul lago di Como per scrivere i suoi romanzi in una casa da sogno. Si portò la mano alla 'lacrima di Cristo' che aveva al collo, un rubino rosso vivido dal raffinato taglio a goccia, che si diceva fosse appartenuto ad Alessandra Romanov, l'ultima zarina, e che lei si era aggiudicata a un'asta di Sotheby's a Palazzo Colonna. Era un gioiello che l'aveva conquistata subito per la semplicità e la purezza e spesso lo indossava come amuleto.

Accese il computer e cliccò sul link che le avevano inviato per collegarsi alla piattaforma su cui doveva svolgersi l'incontro. Dopo qualche istante sullo schermo comparvero la palestra della scuola, dove erano state sistemate numerose file di sedie che erano gremite di persone, e in primo piano una giovane donna con i capelli neri corti, che immaginò fosse la maestra di Tommy, con accanto, orgoglioso ed emozionato, il figlio di Emma. All'estremità della prima fila Kate vide anche l'amica, che senza farsi notare sollevò il pollice in segno d'incoraggiamento.

«Buongiorno a tutti, siamo contenti e onorati di avere qui una scrittrice di fama internazionale come la signora Scott» disse la maestra sorridendo a Kate «e questo lo dobbiamo al nostro Tommaso» proseguì, mentre il bambino arrossiva di piacere e tutti gli sguardi si puntavano su di lui. «Signora Scott, naturalmente ringrazio anche lei per aver accettato di dedicarci un po' del suo tempo e le lascio subito la parola» concluse.

Kate sorrise e ringraziò a sua volta per l'ospitalità, sottolineando che anche per lei era un piacere essere lì a parlare del mestiere di scrittrice.

«Un mestiere che, al contrario di quello che si potrebbe pensare, richiede sacrificio, disciplina e duro lavoro» dichiarò. «Bisogna essere dei buoni osservatori della realtà e delle persone che ci circondano, perché spesso è da lì che arrivano gli spunti per le storie, che con l'aiuto della mia fantasia diventano dei 'casi' su cui la protagonista deve indagare. Mentre invece, per quanto riguarda la mia amica Emma Castelli, la mamma di Tommy, che è un'investigatrice privata, i 'casi' arrivano in agenzia portati dalle persone, come per il vice questore Del Greco, il papà di Maya, che fa il poliziotto, arrivano in Questura. I miei 'casi' invece» ribadì «nascono nella mia testa.»

MENTRE ASCOLTAVA KATE, Emma aveva individuato Laura Molteni seduta poco distante. Nel momento in cui la scrittrice aveva fatto riferimento a lei dicendo che era un'investigatrice privata, aveva notato la donna irrigidirsi. Poi la Molteni si era guardata intorno con aria preoccupata, l'aveva vista, si era alzata tenendo lo sguardo basso per non incrociare il suo e si era allontanata velocemente verso il lato opposto della palestra. Quando era andata a parlarle, Emma non le aveva detto di essere un'investigatrice perché aveva percepito la sua diffidenza e temeva che si chiudesse e rifiutasse di rispondere alle sue domande. E adesso quel comportamento e quel disagio non facevano che confermarle che probabilmente la donna nascondeva qualcosa. Ma cosa? Fu distratta dai suoi pensieri da due voci basse e concitate.

«Non cambi mai, riesci sempre a farmi arrivare in ritardo, accidenti!»

«E tu sei il solito brontolone!»

Emma si voltò e si trovò faccia a faccia con un irritato Andrea. Accanto a lui c'era Amber. Impossibile non notarla, si disse.

No, niente paragoni. NIENTE PARAGONI.

«Ciao» la salutò lui e sembrò voler aggiungere qualcosa ma poi non lo fece.

«Emma, sono felice di rivederti!» esclamò Amber col suo

accento improbabile. «Spero che ci sarà tempo per fare due chiacchiere.»

«Shhh!» protestò qualcuno seccato, evitando a Emma una risposta imbarazzata.

«Scusate» disse Andrea. «A dopo» aggiunse, mentre sospingeva Amber sul lato della palestra dove c'erano ancora delle sedie libere.

Emma non poté fare a meno di guardarla mentre si allontanava. Senza tacchi era più alta di lei (con i tacchi) di una decina di centimetri. E poi c'era tutto il resto.

Tornò a rimproverarsi. Non aveva senso entrare in competizione. Soprattutto adesso che aveva detto ad Andrea che dovevano fare un passo indietro. Provò a concentrarsi sul discorso di Kate e in quel momento si rese conto che Laura Molteni era sparita.

CAPITOLO VENTINOVE

LAURA REGISTRÒ L'OCCHIATA DI BIASIMO DEL BARISTA alla sua richiesta del terzo amaro ma la ignorò e, quando glielo servì, lo bevve tutto d'un fiato. Aveva i lineamenti contratti per la tensione e le tremavano le mani. Sperava che l'alcool la facesse sentire meglio, ma stavolta non sembrava sortire l'effetto desiderato. Pagò e uscì dal bar, avvertendo sulla schiena lo sguardo di disapprovazione dell'uomo dietro il bancone.

Perché le persone non si fanno gli affari loro?

Aprì la borsa alla ricerca del cellulare. Sulle prime non lo trovò e temette di averlo lasciato nella palestra. Non aveva nessuna intenzione di rientrare. Emma Castelli era un'investigatrice privata e glielo aveva nascosto. Era evidente che aveva cercato di estorcerle delle informazioni. Per fortuna non le aveva detto niente che non si sapesse già, ma la cosa migliore da fare adesso era evitarla. Purtroppo il caso voleva che i loro figli frequentassero la stessa scuola e questo complicava le cose. Finalmente trovò il telefono incastrato nella fodera. Lo prese e compose rapidamente un numero.

«Sono io» disse quando qualcuno rispose. «Ho scoperto

che la donna che mi ha fatto le domande su quello che sai è un'investigatrice privata…»

Di fronte alla risposta dell'altra persona spalancò gli occhi.

«Tu lo sapevi e non mi hai detto niente?!» esclamò furiosa.

Il suo interlocutore cercò di blandirla.

«Va bene, va bene, mi calmo. Sì lo so che non ci dobbiamo sentire, soprattutto adesso, ma questa storia non mi piace per niente.»

Rimase in ascolto mentre l'altro parlava con voce pacata. Alla fine rispose:

«Sì, farò come dici, mi sembra una buona idea. Prenoterò un viaggio, dirò a mio marito che ho bisogno di cambiare aria. Sì, d'accordo, mi scrivi tu e poi cancello il messaggio.»

Laura chiuse la comunicazione e si guardò intorno preoccupata. Ma nessuno faceva caso a lei. Trasse un profondo respiro e cercò di recuperare la calma. Cristiano era stato condannato anche nel terzo grado di giudizio, non c'era niente che Emma Castelli potesse inventarsi per far riaprire il processo. Bastava solo rimettersi la maschera e comportarsi come se nulla fosse. E tutto sarebbe andato a posto.

CAPITOLO TRENTA

"*ERO ANDATA A PRENDERE UN APERITIVO VICINO AL PALAZZO Reale quando, passando per via Garibaldi, sono stata travolta dalle emozioni.*

Mi è bastata un'occhiata ai suoi quadri per volerlo.

Cupi.

Visionari.

Intuitivi.

Lui è Laguz. La runa che evoca gli spiriti. Il mare immenso sotto il quale si cela il mondo dei morti. Ho scoperto che Cristiano gli aveva già parlato di me. Sono compagni di studi al DAMS.

Ma Claudio non deve passare selezioni. Non ne ha bisogno. È già dentro."

CAPITOLO TRENTUNO

La ElettroDue Spa della famiglia Pellizzari si trovava a sud di Bergamo, nella zona industriale vicino a Osio Sotto.

Emma procedeva spedita sulla provinciale 525, ormai secondo il navigatore mancavano solo quattro chilometri e tre minuti. Cercò di concentrarsi su quello che avrebbe detto a Pellizzari, relegando in un compartimento stagno della mente le interferenze provocate dal nuovo incontro con Andrea e Amber. Purtroppo non era semplice come schioccare le dita. Le implicazioni emotive erano tante e non era affatto facile ignorarle.

Ma io sono una professionista e adesso devo pensare solo al caso.

Ben determinata a non lasciarsi distrarre dai suoi problemi personali, poco dopo usciva dalla provinciale ed entrava in un ampio piazzale, al centro del quale sorgeva un edificio di cemento a forma di doppio parallelepipedo, sormontato da una grande insegna verde dove a caratteri cubitali era scritto "ElettroDue". Emma parcheggiò e si diresse verso la vetrata d'ingresso, stringendosi al collo il foulard perché tirava un vento che non aveva niente di primaverile.

All'interno, in una serie di lunghi corridoi paralleli illuminati da lampade al neon, erano esposti sugli scaffali tutti i tipi di merci e materiali elettrici possibili. Emma si guardò intorno un po' spaesata, finché non individuò, sulla sua destra, una porta scorrevole di vetro smerigliato, con accanto una targhetta e la scritta "Amministrazione". Vi si diresse e bussò. Dall'interno una voce maschile la invitò a entrare.

L'uomo che si trovò di fronte, seduto dietro un computer a una scrivania ingombra di carte, era sui trent'anni, i capelli castani gli ricadevano in disordine sulla fronte, aveva un naso prominente e portava degli occhiali dalla montatura colorata dietro ai quali due vivaci occhi scuri la fissarono interrogativi.

«Come posso aiutarla?» la voce era profonda e cortese.

«Il signor Claudio Pellizzari?» chiese Emma.

Un lampo di perplessità attraversò lo sguardo dell'uomo.

«Sono io... mi dica.»

Nella stanza faceva un caldo soffocante. Emma si tolse il foulard e lo posò su una delle sedie di fronte alla scrivania. Poi optò per un approccio diretto, per vedere quale sarebbe stata la reazione di Pellizzari.

«Mi chiamo Emma Castelli» gli porse un biglietto da visita. «La sorella di Cristiano Di Donato mi ha assunta per cercare delle prove che permettano di chiedere una revisione del processo.»

Sulle prime l'uomo non reagì. Come se le parole di Emma faticassero a raggiungere il suo cervello. Poi, una volta che le ebbe assimilate, sul suo viso comparve un'espressione di assoluto stupore.

«Cosa? Sta scherzando?» esclamò.

Lei fu presa in contropiede.

«No» replicò «è il mio lavoro, sono un'investigatrice privata.»

Solo allora Pellizzari abbassò lo sguardo sul biglietto da visita che teneva in mano.

I suoi occhi si restrinsero e la sua espressione si indurì.

«Simona sta sprecando i suoi soldi» affermò «lei non troverà niente, perché non c'è niente da trovare.»

Emma non intendeva lasciarsi smontare.

«Perché è così categorico? Cristiano Di Donato si è sempre proclamato innocente, voi eravate amici, non ha mai pensato che potesse non averla uccisa?»

Pellizzari si alzò in piedi. Era alto e muscoloso, malgrado facesse un lavoro d'ufficio, e incombeva su di lei con un'aria poco amichevole.

«Io sono un uomo pragmatico, signora, e sto ai fatti. E i fatti dicono che tre giurie lo hanno riconosciuto colpevole e lo hanno condannato.»

Emma non si arrese.

«Mi ascolti, ho riletto tutti gli atti del processo, ci sono delle cose che non tornano e altre che nessuno prese in considerazione…perché non vuole aiutarmi a capire?»

«È lei che non ha capito» il tono di voce dell'uomo adesso era aggressivo. «Non mi interessano le sue congetture. Non mi importa quello che dicono Cristiano e sua sorella. Per me lui non esiste più. È come se fosse morto con Michela.»

Emma percepì l'onda d'urto della rabbia che sprigionava da lui come se fosse qualcosa di vivo e di tossico. Prima che potesse riprendersi, Pellizzari aveva girato intorno alla scrivania, l'aveva afferrata per un braccio e la trascinava verso la porta.

«E adesso per favore se ne vada.»

«Mi lasci!» Emma cercò di liberare il braccio ma la stretta dell'uomo era ferrea. «Non mi vuol dire nemmeno perché lei ha mollato tutto, ha rinunciato ai suoi sogni ed è tornato a lavorare qui, nella ditta di famiglia?»

La mano di lui si contrasse sul suo braccio facendole male. Pellizzari accostò il viso a quello di Emma fissandola con rancore.

«Ma che ne vuole sapere lei? Perché viene qui a rimestare nel passato? Cosa crede di scoprire? Si tolga di torno e la smetta di rubare soldi a Simona. Michela è morta, è una storia chiusa, chi doveva pagare ha pagato.»

Poi spalancò la porta e la spinse fuori.

«Se ne vada! Ha capito? Se ne vada!» Aveva alzato la voce tanto che alcuni clienti e un paio di commessi si voltarono stupiti a osservare la scena. Pellizzari li ignorò, lasciò il braccio di Emma e rientrò nella stanza sbattendo la porta che oscillò pericolosamente sui binari.

Emma rimase per qualche istante confusa e frastornata. Non era preparata a un simile scoppio d'ira. Per il momento non le restava che tornare alla macchina e riprendere la via di casa.

Stava per salire sull'auto quando fu raggiunta da uno dei commessi che teneva in mano il suo foulard.

«Signora, ha lasciato questo. Il signor Pellizzari mi ha detto di riportarglielo.»

«Grazie.» Emma prese il foulard. «Mi scusi, posso farle una domanda?» aggiunse.

Il commesso la guardò in evidente imbarazzo.

«Va bene, ma poi devo rientrare...»

«Solo una cosa. Il signor Pellizzari è sempre così, diciamo, fumantino?»

L'uomo abbassò gli occhi.

«No, in realtà no. È la prima volta che si comporta in questo modo. In genere è una persona che non dice mai una parola di troppo e non alza la voce... per questo ci siamo tutti stupiti. E adesso mi scusi» concluse, forse preoccupato di aver detto troppo «ma devo proprio andare» e si allontanò veloce senza aggiungere altro.

Emma rimase alcuni istanti a fissare l'edificio di cemento della ElettroDue. Non sapeva cosa avesse scatenato la rabbia di Pellizzari ma era ben determinata a scoprirlo.

CAPITOLO TRENTADUE

«... EVIDENTEMENTE HO TOCCATO QUALCHE NERVO
SCOPERTO» concluse Emma dopo aver raccontato a Kate il
suo incontro con Pellizzari. «Altrimenti il suo comportamento
è inspiegabile.»

Kate appoggiò sulla teca il teschio di quarzo rosa che
aveva appena fotografato per una rivista americana. La giornalista, una sua amica, aveva scoperto che era stata rinvenuta
una copia di quello di Kate in Madagascar, cosa che avrebbe
screditato le teorie che si trattava di manufatti Maya. Così,
proprio per fare un confronto, le aveva chiesto di mandarle
delle foto.

La scrittrice depose con delicatezza il teschio levigato nella
teca e si voltò verso Emma.

«Da quello che mi hai detto, Pellizzari è l'unico che ha
avuto una reazione spontanea.»

«*Molto* spontanea» commentò Emma con ironia. «Temo
che mi ritroverò con un bel livido sul braccio.»

«Ti darò un unguento che faccio venire dall'America ed è
miracoloso» disse Kate sedendosi vicino a lei sul divano. «Ma

devi averlo proprio turbato perché ti aggredisse in quel modo, visto che normalmente è un tipo tranquillo.» Rifletté qualche secondo. «Ti ricordi cosa gli hai detto esattamente quando ha reagito così?»

Emma si concentrò, poi:

«Era già diventato aggressivo quando gli ho domandato se avesse mai pensato che Cristiano poteva essere innocente, ma è andato fuori di testa quando gli ho chiesto perché aveva rinunciato ai suoi sogni ed era tornato a lavorare nella ditta di famiglia.»

Kate accavallò le gambe e unì le punte delle mani appoggiandovi il mento.

«È evidente che ha vissuto il ritorno a casa come una grande umiliazione che ancora gli brucia. Anche per lui la morte della Sala ha significato la fine di qualcosa di importante» rifletté.

«È stato un evento traumatico per tutti loro» disse Emma «non solo per come è morta la performer ma perché ha stravolto le loro vite. Erano un piccolo gruppo di eletti e, da un giorno all'altro, si sono ritrovati a dover rientrare nell'anonimato.»

«Forse per questo non ne vogliono parlare. Perché per loro ha rappresentato un fallimento» commentò Kate, alzandosi e muovendo qualche passo nel salone, come se il movimento la aiutasse a riordinare i pensieri.

«Avrebbe una logica, ma il loro comportamento potrebbe anche nascondere qualcos'altro» ribatté Emma. «Pensaci. Clerici è stato categorico e mi ha detto che è un periodo che vuole cancellare. Non solo, da allora si è chiuso nella sua villa e vive come un eremita. La Molteni ha dichiarato anche lei che non ne vuole più parlare, ha un comportamento ambiguo e potrebbe essere un'alcolista. Pellizzari mi ha aggredito in malo modo. Non ti sembrano un po' eccessive come reazioni a un fallimento, per quanto doloroso?»

Kate assentì.

«Hai ragione. Sembra più probabile che nascondano qualcosa.»

«O qualcuno. Potrebbero avere paura di essere coinvolti o potrebbero essere stati testimoni di qualcosa che, se rivelata, li metterebbe in pericolo.»

«Certo, è plausibile. Ma allora Centi?» chiese la scrittrice. «Lui è l'unico che non ha avuto problemi a parlare di Di Donato.»

«Ed è anche l'unico che ha avuto successo come performer, che non ha abbandonato la strada che Michela aveva tracciato per loro» aggiunse Emma.

Kate giocherellò con il cordone della tenda, lo sguardo rivolto verso il lago. Poi tornò a voltarsi verso l'amica.

«Tu hai parlato di una messinscena. Potrebbero recitare ognuno una parte in un copione che noi non conosciamo.»

«Quindi il colpevole potrebbe essere uno di loro.»

«Non lo escluderei, come al momento non possiamo escludere altre piste» affermò la scrittrice. «Oggi come allora continuo a chiedermi "perché". Se consideriamo Cristiano Di Donato innocente, in questo omicidio manca il movente. Chi aveva interesse a uccidere Michela Sala? E perché in quel modo?»

«Ma perché qualcuno di loro avrebbe dovuto farlo?» rilanciò Emma. «Avrebbero avuto molte più chances con lei viva. Ucciderla significava perdere tutto, così come poi è stato.»

«Non per Centi» ribatté Kate.

«Forse sarebbe diventato famoso a prescindere. Quell'uomo ha stoffa e soprattutto si sa vendere. E comunque la sua morte non conveniva neppure a lui» concluse Emma.

Rimasero in silenzio tutte e due per un po', ognuna seguendo il filo dei propri pensieri.

Alla fine fu di nuovo Kate a parlare.

«Comunque siano andate davvero le cose, c'è qualcosa che non possiamo far finta di ignorare» dichiarò. «Chi ha ucciso la Sala si è sentito al sicuro fino a oggi, con Di Donato in carcere, soprattutto dopo il verdetto della Cassazione. Ma se poi arriva un'investigatrice privata a fare domande, a smuovere le acque, a cercare di far emergere la verità, rappresenta una minaccia per chi ha fatto di tutto per nasconderla e seppellirla.»

«Stai dicendo che devo guardarmi le spalle?» chiese Emma con un mezzo sorriso.

«Sto dicendo che sono preoccupata per te» ribatté Kate. «Perché non ne parli con Andrea? Mi sentirei più tranquilla se lui…»

Emma la interruppe con decisione:

«No, non ce n'è motivo. Non ho niente di concreto in mano» disse in modo un po' troppo frettoloso.

Kate notò anche che si era irrigidita e se ne chiese la ragione. Era da un po' che aveva la sensazione che i rapporti tra Emma e Andrea fossero in qualche modo cambiati. Ma per lei la privacy era sacra e se l'amica non gliene parlava, non intendeva fare domande.

«Promettimi almeno che farai attenzione» si limitò a dire.

L'investigatrice la guardò seria:

«Lo farò, ti do la mia parola.»

CAPITOLO TRENTATRÉ

LA SPERANZA CHE CRISTIANO STESSE MEGLIO ERA SPARITA non appena Simona aveva messo piede nell'infermeria del carcere. Lui era sempre più magro e scavato, aveva lo sguardo perso e sembrava essersi rifugiato in una dimensione dove nessuno aveva accesso. Neppure lei. L'aveva guardata come se non la riconoscesse, poi aveva chiuso gli occhi, quasi a sottolineare che non voleva nessun contatto. Simona aveva il cuore dilaniato. Neppure quando lui era stato arrestato, e poi condannato, avrebbe potuto immaginare una simile sofferenza. Perché tra loro la connessione non si era mai interrotta. Nemmeno nei momenti più bui.

E invece adesso Cristiano la tagliava fuori dalla propria vita. E lei non poteva fare nulla. Neanche cercare di scuoterlo dicendo che Emma Castelli aveva trovato qualcosa che poteva essere un primo passo verso la richiesta di revisione del processo. Purtroppo non c'erano novità, anche se l'investigatrice si stava dando molto da fare. Ma non c'era ancora niente di concreto. E Simona si chiese se sarebbe servito trovare qualcosa, o se il fratello aveva ormai superato il punto di non ritorno. A quel pensiero non riuscì a trattenere le lacrime, che scesero copiose e bagnarono anche le mani di Cristiano. Per un attimo lui aprì gli occhi.

«Non piangere Simi» mormorò.

A lei parve un miracolo che il contatto fosse stato ristabilito.

«Non piango» rispose, anche se le lacrime che continuavano a cadere smentivano le sue parole.

Lui alzò la mano per sfiorarle il volto, ma la lasciò ricadere.

I suoi occhi sembravano fissare qualcosa visibile solo a lui.

«Ti ricordi…» disse, la voce ridotta a un sussurro.

Simona si chinò su di lui.

«Cosa Criso? Dimmi.»

«Il lago… l'acqua alta…avevo paura… tu mi tenevi…»

Un groppo di tenerezza le strinse la gola.

«Certo che mi ricordo, ti ho insegnato io a nuotare…eri bravissimo» disse sfiorandogli la fronte «eri come un pesciolino…»

Ma lui di nuovo sembrava non ascoltarla.

«Non è acqua…è sangue…Michela… Michela» gemette «il tuo sangue con il mio…non te ne andare…non mi lasciare…Michela…»

Michela. Ancora lei. Sempre lei.

Cristiano chiuse gli occhi, sfinito.

Il dolore e la rabbia formarono un grumo di fiele che Simona non riuscì a contenere.

«Oh Criso, lei non ti meritava, sfruttava la tua energia, la tua creatività. Era come un vampiro, si prendeva il tuo sangue…ma tu non lo hai mai capito… ti avrebbe impedito di spiccare il volo…»

Di colpo Cristiano aprì gli occhi e la fissò. E lei seppe che da alleata era diventata il nemico.

«Tu la odiavi» la voce era un bisbiglio ostile.

«No, non è vero, io non...» provò a opporsi. Ma sapeva che la sua difesa non era credibile.

«Vattene.»

Simona scoppiò in singhiozzi.

«No, ti prego, io ti voglio bene, ti sono sempre stata vicina, farei qualsiasi cosa per te.»

Lui si girò dall'altra parte.

«Vattene, va' via!» Quello che avrebbe voluto essere un urlo si trasformò in un rantolo roco che le fece ancora più male.

Simona si alzò. Lo sguardo appannato dalle lacrime. Mosse qualche passo verso la porta, sperando che lui la richiamasse, ma Cristiano si tirò le coperte sulla testa e ripeté:

«Vai via.»

Allora, intontita dal dolore, la sorella fece come le era stato detto.

CAPITOLO TRENTAQUATTRO

"GEBO È IL REGALO DEGLI DEI. IL DONO DEL TALENTO.
   È la qualità che ci accomuna alla divinità.
   Gebo è maschile e femminile, è unità degli opposti.
   È fare e volere.
   È sacrificio che porta miglioramento.
   È la runa di collegamento che allaccia tra loro le altre rune.
   E nell'unione ci dona la sua luce e la sua energia."

CAPITOLO TRENTACINQUE

SULLA TERRAZZA DELLA VILLA LA FIGURA FEMMINILE SI muoveva con armonia, flettendo il corpo in allungamenti di mani e piedi. Doveva trattarsi di un'arte marziale.

Il sole stava calando e presto sarebbe stato buio. La temperatura era scesa bruscamente.

Doveva muoversi.

Sentì un brivido lungo la schiena.

Per un attimo si chiese se Emma Castelli potesse davvero diventare un problema.

Posò il binocolo e uscì dalla cabina della barca per tirare su l'ancora.

Doveva capirlo in fretta.

E decidere come agire. Ormai non poteva più tirarsi indietro.

Adesso sapeva dove abitava, ma di sicuro quella villa era blindata e sarebbe stato difficile entrare. Doveva prendere in considerazione un'altra opzione.

Non avrebbe permesso alla verità di risalire a galla.

Lo avrebbe impedito. A qualsiasi costo.

La barca beccheggiò.

Rientrò nella cabina e accese il motore.

Dopo qualche istante l'imbarcazione si allontanò verso la città, perdendosi nella luce del tramonto.

EMMA CONCLUSE l'allenamento portando con un movimento circolare le mani davanti a sé. La sinistra con le dita stese, la destra con il pugno. Si chinò leggermente in avanti, per poi sciogliere la posizione.

Fece un profondo respiro pensando a come nel Tai Chi sia primario il controllo della propria forza per raggiungere la quiete.

Guardò il sole sparire dietro le montagne e rientrò in casa.

Doveva restare concentrata se voleva aiutare veramente Cristiano. Doveva combattere la sensazione di girare a vuoto. Le parole di Claudio Pellizzari le risuonavano nella mente: "non troverà niente perché non c'è niente da trovare". A dispetto di tutti i ragionamenti fatti con Kate, dentro di lei si era insinuata l'ombra del dubbio. E se fosse davvero così? Se Cristiano avesse ucciso Michela in un impeto di gelosia, come pensavano tutti? Era la soluzione più logica, più lineare. Si stava forse accanendo a vedere macchinazioni, misteri, bugie dove non c'erano, solo perché la fiducia assoluta di Simona nell'innocenza del fratello l'aveva convinta? Stava cercando prove inesistenti?

Immersa in quei pensieri aprì la porta finestra e si affacciò nel salone dove Kate leggeva, seduta vicino al fuoco. Doveva aver smesso di lavorare mentre lei si stava allenando.

«Meglio?» le chiese l'amica alzando la testa. Ormai la conosceva bene, sapeva che quando aveva bisogno di schiarirsi le idee cercava di ritrovare le sue energie nel Tai Chi.

«Ho paura di no» rispose Emma. «Sono piena di dubbi.»

Kate posò il libro e le rivolse un'occhiata interrogativa.

«A che proposito?»

«Non vorrei essermi lasciata influenzare dalla mia cliente» rispose Emma con sincerità.

«Stai pensando che Di Donato possa essere colpevole?»

L'investigatrice scosse la testa.

«Non lo so. In questo momento ho la sensazione di procedere a tentoni nel buio. Mi sembra di non avere la lucidità necessaria. E non credo sia corretto nei confronti di Simona» concluse.

Kate alzò una mano per impedirle di continuare.

«Alt! I dubbi sono legittimi, buttarsi giù no. È vietato.»

Emma sorrise.

«Sai una cosa? Tu sei la mia bussola. Quando rischio di perdermi, mi rimetti in carreggiata.»

Kate scoppiò a ridere.

«Nessuno mi aveva ancora dato della bussola!»

«Era un complimento» si affrettò a specificare l'investigatrice.

L'amica le strizzò l'occhio.

«Sì, lo avevo capito. Ma io credo che tu abbia solo bisogno di seguire il tuo istinto, fino a oggi non ha mai sbagliato. Fidati di lui.»

«Ne sei convinta?»

Kate annuì.

«Assolutamente sì. Non pensarci troppo e dimmi cosa faresti a questo punto.»

Emma rispose di getto:

«Insisterei con Benedetto Clerici. Malgrado le sue dichiarazioni, ho percepito qualcosa in lui, un non detto, come un senso di colpa non sopito, un malessere, un tormento…non saprei spiegarti meglio, è stata solo una sensazione. E poi c'è quella frase ambigua, "ognuno si racconta la sua verità". A chi si riferiva? A Cristiano? A se stesso? Insomma, io ripartirei da lì.»

Kate la guardò.

«E allora fallo» disse perentoria.

CAPITOLO TRENTASEI

"UNA VOLTA INNESCATE, LE DINAMICHE DI CONFLITTO SONO inarrestabili. Benedetto snobba chi viene da una classe che ritiene inferiore, tratta gli altri con sufficienza e questo genera una tensione che vorrei esplodesse in creatività.

L'altro giorno ho portato due sacche di sangue di bue. Una provocazione. Le ho versate in due secchi che ho disposto al centro del palco. Volevo stimolare una reazione.

Benedetto mi ha guardato. Con aria di sufficienza ne ha preso uno e di scatto lo ha rovesciato addosso ad Augusto.

«È morto il re! Viva il re!» ha urlato ridendo sguaiatamente.

L'unico che ha capito la citazione di Ionesco è stato proprio Augusto. Gli altri no. Ma non era quello il punto. Non era quello che mi interessava. È stato Augusto a sorprendermi. Se l'è presa con Cristiano, è corso verso l'altro secchio ed è iniziata la lotta. Si odiano. Si fronteggiano. Sono come due galli pronti al combattimento. Mi fanno pensare a Ligabue, al suo quadro. I becchi che si sfidano. Sono dinamiche affascinanti. Non voglio influenzarli perché sento scaturire energia dal loro confronto. Sono io il premio? Allora è una lotta vana, perché Cristiano mi è entrato dentro. Nelle ossa, nel sangue. In lui rivedo le mie emozioni. La mia passione. Il mio talento. Eppure Augusto ha quella rabbia, quella voglia di emergere che è la sua aura, il suo potere d'attrazione."

CAPITOLO TRENTASETTE

«CHE DEVO DIRLE, SIGNORINO?» CHIESE IL maggiordomo.

Benedetto non rispose. Da quando aveva saputo che l'investigatrice era tornata, era stato preso da un'ansia incontenibile. Non sapeva cosa fare. Riceverla e parlarle? Oppure ignorarla e metterla alla porta? Qual era il modo migliore per far sì che lo lasciasse in pace e che rinunciasse alle sue indagini?

Alla ricerca della verità.

La mano andò alla testa di Lothar in una carezza distratta. Il cane uggiolò percependo il suo nervosismo.

«Non la voglio vedere. Riferiscile che sono fuori.»

«Ci ho provato, ma dice che aspetterà.»

Mandarla via era inutile, sarebbe tornata. Era un tipo ostinato, di quelli che non mollano. Doveva affrontarla, suo malgrado. Ma non intendeva certo farla accomodare in casa sua.

«Va bene, ci penso io» disse avviandosi alla porta.

Scese la grande scala che portava all'ingresso e la

raggiunse. Emma Castelli, con i suoi tacchi alti e il giaccone col cappuccio foderato di pelliccia sintetica, lo aspettava sull'uscio.

«Mi sembrava di essere stato chiaro. Non ho altro da dirle» l'apostrofò.

Lei lo ignorò.

«Sono convinta che non mi abbia detto tutta la verità.»

«Davvero?» Benedetto mascherò la rabbia e la paura dietro un'espressione di altezzoso sarcasmo. «La verità è un concetto sopravvalutato, signora Castelli. Ognuno si racconta la propria, ne abbiamo già parlato.»

«Anche lei quindi.» Era una affermazione, non una domanda.

«Non intendo discuterne» ribatté seccamente.

«Mi dica allora un'altra cosa» lo incalzò la donna. «Lei crede alla giustizia?»

Benedetto deglutì.

Perché tutte quelle domande? Perché non se ne andava? Perché continuava a scavare in un passato che tutti volevano dimenticare?

«La giustizia è l'interpretazione che gli uomini danno ai fatti. Perciò non è un concetto assoluto. Dipende da molte variabili.»

Sentiva il sudore imperlargli la fronte.

«E nel caso di Di Donato?» insistette lei.

«Cristiano è stato investito da uno tsunami. Un attimo prima aveva tutto. Un attimo dopo l'ha perso. Punto. Spero sia soddisfatta delle risposte perché la prego di non ripresentarsi più. La prossima volta dirò ai domestici di chiamare la polizia e la denuncerò per stalking.»

Praticamente le chiuse la porta in faccia. Non intendeva subire un altro interrogatorio, ma sentiva che non sarebbe finita lì. Mentre risaliva al piano superiore, tirò fuori il cellulare che però gli sfuggì dalle mani e cadde sugli scalini. Benedetto imprecò, si chinò, lo riprese e compose nervosamente un numero. Dopo qualche istante una voce disse:

«Ti avevo detto di non chiamare.»

Il tono brusco gli fece intuire l'umore dell'altra persona.

«Quell'investigatrice è stata di nuovo qui. Insiste con le domande.»

«Che cosa le hai detto?»

«Niente, non preoccuparti.»

«Sei sicuro?»

Benedetto scattò.

«Certo che sono sicuro! Volevo solo che tu lo sapessi.»

«Devi stare tranquillo, non troverà niente. Ma nessun cedimento di nervi.»

Si rese conto che la mano che reggeva il cellulare tremava. La bloccò con l'altra.

«Hai capito?»

Si asciugò il sudore sulla fronte.

«Lo so cosa pensi, ma ti sbagli. Non dirò niente.»

«Ti conviene.»

Poi la comunicazione fu interrotta.

CAPITOLO TRENTOTTO

LA VISITA A VILLA CLERICI ERA STATA SOLO IN APPARENZA un altro buco nell'acqua. Questa volta Emma aveva percepito in modo tangibile la paura del marchese. Dietro il suo tono secco, scostante, quello che emergeva era una tensione incontenibile. Lo avevano tradito la fronte sudata nonostante la bassa temperatura esterna, lo sguardo sfuggente, i movimenti sincopati. No, non poteva essere un caso, pensò dopo aver parcheggiato poco lontano dall'agenzia. La sua presenza lo aveva messo in agitazione, segno che stava cercando nella direzione giusta. Kate aveva avuto ragione: doveva seguire il suo istinto. Da quando era entrata in polizia non l'aveva mai tradita.

Attraversò la piazza di corsa a causa della pioggia battente, malgrado fosse fine marzo il maltempo non accennava a mollare la presa. Quando stava per raggiungere il portone dell'ufficio vide Simona Di Donato che l'aspettava cercando di ripararsi dalla pioggia in una rientranza del muro. Accelerò il passo e la raggiunse.

«Simona, che succede?»

La giovane donna aveva gli occhi lucidi, l'espressione disperata.

«Non mi vuole più vedere. Sono andata a trovarlo in infermeria e mi ha detto di non tornare più, io…» stava per finire la frase ma le parole non uscirono perché scoppiò a piangere. «Non può farmi questo» disse singhiozzando. «Per me lui è tutto.» Emma le passò un braccio intorno alle spalle e la guidò all'interno del palazzo.

«Calmati, vedrai che è solo un momento, gli passerà, anche tu sei importante per lui» provò a dirle per rincuorarla, ma Simona continuava a piangere scuotendo la testa.

«Tu non lo conosci, quando dice una cosa è quella. Criso è testardo come un mulo»

Giunte sul pianerottolo, Emma aprì la porta dell'agenzia e la fece accomodare mentre andava a prenderle un bicchiere d'acqua.

«Bevi, ti farà bene» le disse porgendoglielo.

Simona bevve a piccoli sorsi. A poco a poco smise di piangere.

«Perché ce l'ha tanto con te?» chiese Emma perplessa. Da quello che aveva visto, Cristiano ricambiava con calore l'affetto della sorella.

Simona alzò gli occhi e nel suo sguardo Emma lesse tanta tristezza.

«Ha detto che odiavo Michela.»

«Ed è vero?» domandò Emma, temendo la risposta.

L'altra annuì.

«Sì. La detestavo perché li plagiava. Ognuno di loro aveva delle qualità, lei lo aveva capito e li voleva sfruttare, facendo leva sul suo potere di fascinazione.» C'era del livore nella voce di Simona. I rapporti erano più complicati di quanto aveva immaginato, anche quello fra Simona e Cristiano aveva dei nodi irrisolti. «Era una provocazione continua» proseguì la donna. «Animali morti, interiora, sangue... Michela portava di tutto in quel capannone che usavano per le prove. Per non parlare dell'alcool, delle droghe che gli offriva per abbattere i loro tabù.»

Emma la ascoltava con attenzione, era la prima volta che qualcuno le parlava di quella performance.

«E i ragazzi come reagivano?»

«Erano gasati, lo vedevo da come ne parlavano quando Cristiano li portava a casa. Per loro quella era arte, ma non era così, era solo il delirio di onnipotenza di Michela. Li aveva convinti che erano degli eletti, li aveva irretiti con quella storia delle rune, ognuno aveva la sua e firmava con quella. Le usava per fargli credere che erano un cerchio magico di esseri superiori...» fece una faccia disgustata «A Cristiano diceva che le loro rune erano complementari, che loro due si completavano, che erano le due parti di un tutto...» si prese la testa tra le mani e soffocò un singhiozzo. Ma ormai non riusciva più a fermarsi: «Lei li drogava perché perdessero i freni inibitori e ci stava riuscendo. Io ho visto come manipolava Cristiano, come lo aveva esaltato facendogli perdere il contatto col mondo reale. Mio fratello stava precipitando in un baratro, ma non se ne accorgeva. Ho provato a metterlo in guardia, ma è stato inutile, lui era completamente infatuato di lei.» C'era tanta amarezza nelle sue parole, ma anche rabbia.

«C'entri qualcosa con la morte di Michela Sala?» le chiese Emma a bruciapelo. Sentiva di doverglielo domandare, non poteva restare con quel dubbio.

Simona non abbassò lo sguardo, la fissò dritta negli occhi, non si nascose.

«È vero, ho desiderato con tutta me stessa che scomparisse dalla vita di mio fratello. Ma non sarei stata in grado di arrivare a tanto. Non sono un'assassina.»

CAPITOLO TRENTANOVE

«Tu le credi?» chiese Kate.

Erano nel giardino d'inverno, dove la scrittrice si stava prendendo cura del nuovo bonsai aggiunto da poco alla sua collezione, un prezioso Juniperus Giapponese che aveva suscitato l'entusiasmo di Tommy.

Emma annuì senza esitare.

«Sì. Di sicuro gli studi in psicologia mi hanno aiutato, poi negli anni ho affinato la capacità di capire se qualcuno sta mentendo. È difficile spiegarlo, non riguarda soltanto il linguaggio del corpo, è qualcosa che riesco a percepire, come se avessi una sorta di radar.» Sorrise. «Lo so che può sembrare una spiegazione poco razionale.»

Kate sorrise a sua volta.

«Anche se io faccio affidamento soprattutto sulla logica, questo non vuol dire che non tenga in considerazione le tue doti e il tuo intuito. Perciò se dici che è sincera, io ti credo.»

«Grazie, lo apprezzo molto, soprattutto perché viene da te» dichiarò Emma. «Però non significa che Simona non detestasse Michela Sala» proseguì. «Era gelosa perché aveva un rapporto esclusivo con Cristiano e questo probabilmente ha alterato il suo giudizio su di lei.»

Kate irrorò con estrema cura il bonsai con un minuscolo innaffiatoio di vetro dal design retrò. Poi sollevò lo sguardo sull'amica.

«Sei sicura che avesse un rapporto del genere solo con lui? Non è che raccontava a tutti i ragazzi del gruppo, i suoi "eletti", la stessa cosa?»

Emma rifletté.

«Non posso escluderlo. Ma dalle testimonianze non sembrerebbe. E poi aveva scelto per sé e per Cristiano due rune complementari…»

«Questa storia delle rune è intrigante» si sovrappose Kate. «Ho fatto un po' di ricerche e indubbiamente sono dei simboli molto affascinanti, capisco che i ragazzi si fossero lasciati coinvolgere. Si sentivano esseri eccezionali, un cerchio magico intorno a una donna così carismatica. Il tutto condito con riti liberatori, trasgressione, sesso, alcool e droghe. Un mix irresistibile per dei ventenni aspiranti artisti.»

Emma annuì.

«Condividere tutto questo doveva aver creato un legame molto forte tra loro, mi riesce difficile credere che dopo la morte della Sala non si siano più sentiti.»

«Questo è quello che raccontano. Ma sarà stato davvero così?» si chiese Kate, riponendo l'innaffiatoio.

«Non lo so. Io sento che Simona è sincera, ma non posso dire altrettanto degli altri. Ad esempio, sono sicura che Clerici mente.»

«Da quello che mi hai raccontato è un personaggio molto particolare» commentò Kate. «Sembra uscito da un romanzo di Cechov, completamente ripiegato su se stesso per paura del mondo esterno.»

Emma la fissò.

«O per paura di qualcuno in particolare?»

«Teoria interessante. Bisognerebbe cercare di verificarla» replicò la scrittrice. «E mi sembra di capire che Benedetto Clerici sia l'anello debole della catena.»

CAPITOLO QUARANTA

«L'Orrido di Nesso è una gola naturale nata dall'incontro fra due torrenti, il Tuf e il Nosè, che unendosi si gettano nel Lario formando una suggestiva cascata che fa di questo borgo un vero gioiello. Il suono dell'acqua, come potete notare, ci accompagna durante il cammino e rende questo luogo unico nel suo genere» stava dicendo la guida mentre portava il gruppo di turisti verso il ponticello della Civera, da cui si potevano rimirare lo spettacolare canyon roccioso e la cascata di cui stava parlando. Per sua fortuna il giorno precedente aveva piovuto molto e il panorama che si aprì davanti ai loro occhi, giunti alla fine della discesa, era qualcosa di ineguagliabile. «Se volete fare le foto abbiamo cinque minuti prima di…»

Fu interrotto dalle grida di un ragazzino che faceva parte della piccola comitiva.

«Guardate! Guardate laggiù… C'è un cadavere!»

Tutto il gruppo corse ad affacciarsi dal ponte e con loro anche la guida, che si portò una mano alla bocca. Sul fondo della gola, incastrato tra due rocce, c'era il corpo prono di un uomo, con la testa sprofondata nell'acqua.

LA POLIZIA ERA ARRIVATA SUBITO e Andrea Del Greco aveva dato direttive perché i curiosi venissero allontanati, mentre i sommozzatori cercavano di recuperare il cadavere per portarlo a riva, dove li aspettava il dottor Polizzi, intabarrato in un cappotto a spighe di lana cotta e con uno sciarpone arrotolato intorno alla gola.

«Brutto modo per morire, dev'essere scivolato e ci scommetto quello che vuoi che è andato in ipotermia» commentò il medico battendo le mani per riscaldarle.

«Sempre che qualcuno non lo abbia spinto giù» replicò Andrea.

Polizzi guardò verso la cascata.

«Se il giubbotto non si fosse incastrato tra le rocce, probabilmente sarebbe finito nel lago e chissà quando sarebbe stato ritrovato. Con l'acqua dei giorni scorsi, se qualcuno l'ha spinto l'aveva pensata bene, gli ha detto solo una gran sfiga» rifletté il medico. «Non poteva prevedere che il cadavere si bloccasse nella gola.»

Andrea annuì. In quel punto la corrente era forte e avrebbe sicuramente trascinato via il corpo se non ci fosse stato quell'intoppo.

Intanto il gommone con i sommozzatori aveva recuperato il cadavere e si stava avvicinando al molo dove Polizzi e Del Greco aspettavano.

«Pasquale, quando pensi di…» cominciò Andrea, ma il medico legale lo interruppe sollevando una mano.

«Niente fretta, Del Greco, dovresti sapere che in ambiente liquido definire la *causa mortis* è quanto di più complesso esista. Le proprietà chimico fisiche dell'acqua influenzano le modificazioni del cadavere, dunque dammi tutto il tempo che ci vuole.»

«Dove glielo mettiamo, dottore?» chiesero i sommozzatori avvicinandosi al muretto che delimitava la discesa in acqua.

«Appoggiatelo qui» rispose Polizzi scansandosi. «Voglio dargli una prima occhiata per farmi un'idea.»

Gli uomini presero di peso il cadavere e lo stesero a terra sul piccolo molo. Polizzi, con un certo sforzo data la mole, si chinò su di lui e cominciò a esaminarlo.

«Allora, maschio bianco, direi sulla trentina…» cominciò, ma fu interrotto da un agente che arrivava correndo dalla discesa.

«Dottore, venga su» gridò in direzione di Andrea. «Abbiamo trovato una macchina abbandonata e dentro ci sono i documenti e un biglietto. Deve vederlo, è importante.»

CAPITOLO QUARANTUNO

ANDREA DEL GRECO CONTINUAVA A PENSARE AL CORPO incastrato tra le rocce della cascata. Il corpo del marchese Benedetto Clerici.

Era uno dei ragazzi che avevano fatto parte del "cerchio magico" della performer Michela Sala, quelli che dovevano partecipare al suo ultimo spettacolo e con cui Emma era andata a parlare. Il vice questore non credeva alle coincidenze. Possibile che nell'incontro con Emma si celasse la chiave di quel suicidio? Sempre se di suicidio si trattava, rifletté Andrea. Perché avrebbe dovuto andarsi a gettare nell'orrido di Nesso? Sicuramente c'erano sistemi più rapidi e più sicuri.

Aveva deciso di recarsi di persona alla villa per dare la notizia della morte del marchese e verificare se poteva trovare qualche risposta alle sue domande.

Venne ad aprirgli un uomo sui settant'anni in livrea.

«Buongiorno, desidera?»

Gli mostrò il tesserino.

«Vice questore Andrea Del Greco» si presentò.

«Oddio è successo qualcosa al signorino?» esclamò il maggiordomo portandosi la mano alla bocca.

Andrea si fece subito attento.

«Cosa glielo fa pensare?»

«Ieri sera era molto agitato e non ha preso le sue medicine.» L'uomo era visibilmente scosso.

«Purtroppo abbiamo ritrovato il corpo in fondo all'orrido di Nesso, si era incastrato tra le rocce ed è stato possibile recuperarlo. Tutto fa pensare a un suicidio.»

«Devo avvisare subito la marchesa» disse il domestico quasi tra sé. «Come ha potuto togliersi la vita?» aggiunse costernato.

«Ha notato qualcosa di strano nel suo comportamento, ieri?» lo incalzò il vice questore.

«Non più degli altri giorni. Da quando è venuta quell'investigatrice - Castelli mi pare che si chiami - non trovava pace. Ieri sera, dopo cena, è uscito con la macchina, e ho pensato che fosse rientrato tardi perché verso le tre ho sentito uno dei cani abbaiare. Ma stamattina quando sono andato a portargli la colazione ho trovato la sua camera nel caos e di lui nessuna traccia.»

«E non si è preoccupato?» chiese ancora Del Greco.

«Sinceramente no, il signorino soffriva di sbalzi d'umore e per questo era importante che prendesse i medicinali.»

«Posso vedere la stanza?»

«Venga, le faccio strada.»

Andrea lo seguì lungo la scala che portava al piano superiore, guardandosi intorno.

«Mi ha detto che ha sentito il cane abbaiare, dove si trova la sua stanza?»

«Io dormo nella dependance. In casa c'era solo lui. Ma la villa è isolata, come avrà visto, e i rumori nella notte si amplificano.»

Intanto erano arrivati al primo piano dove, sull'ampio corridoio, si aprivano varie porte. Il domestico fece strada verso quella che doveva essere stata la camera di Benedetto Clerici.

Del Greco entrò e notò subito il gran disordine. Sembrava fosse passato un ciclone. Le sedie rovesciate, i cassetti aperti, il contenuto sparso a terra e, sul tappeto, una chiazza scura.

«Il signorino non voleva che le sue cose venissero toccate, dopo una crisi era lui a dirmi poi di rimettere tutto a posto, ma fino a quel momento non potevo far niente» si affrettò a spiegare il domestico, come a voler scusare quella mancanza.

Andrea si chinò sulla macchia del tappeto per osservarla con attenzione.

Sangue?

«Anch'io l'ho notata. Fino a ieri non c'era» sottolineò il maggiordomo.

Il poliziotto si voltò verso di lui.

«C'è stata qualche effrazione? Hanno forzato una finestra, la porta di casa?»

«No, era tutto normale questa mattina quando ho ripreso servizio, gliel'assicuro. È per questo che ho pensato a una crisi di nervi. Purtroppo succedeva e anche abbastanza spesso.»

Andrea si alzò e tirando fuori il cellulare ammonì l'uomo:

«Mi raccomando, non tocchi nulla.» Poi tornando a guardarlo chiese ancora: «Si è accorto se è sparito qualcosa?»

L'altro scosse la testa.

«A prima vista direi di no, ma dovrei prima mettere in ordine.»

«Non ora» sottolineò Del Greco. Poi, presa la linea, disse a Marra che aveva risposto dalla Questura:

«Davide, allerta la scientifica. Che mandino qualcuno a villa Clerici, ad Alzate in Brianza, subito. Credo di aver trovato tracce di sangue nella stanza del marchese.»

CAPITOLO QUARANTADUE

Aveva parcheggiato la macchina all'angolo con la piazza, da lì si vedeva bene l'ingresso del palazzo dell'agenzia investigativa. Non voleva dare nell'occhio e, per sua fortuna, il maltempo di quei giorni aveva fornito un aiuto inaspettato.

In quel momento la vide uscire dal portone insieme a un tipo alto, muscoloso, con i capelli ramati. Si allontanarono insieme.

Aprì la portiera della macchina e scese.

Benedetto non era più un problema, Emma Castelli sì.

Il tempo stringeva e i rischi aumentavano, doveva sapere cosa aveva in mano.

CAPITOLO QUARANTATRÉ

MENTRE IMBOCCAVA IL LUNGOLARIO IN DIREZIONE DI Lenno, Emma pensava che era piacevole avere un vicino come Davide. Simpatico, alla mano e indubbiamente di bell'a-spetto, il che non guastava. Si era anche offerto di darle dei consigli per la gestione della pubblicità e del marketing dell'a-genzia sui social, una materia in cui lei non era particolar-mente esperta, dato che, come Bruno, si era sempre affidata ai metodi tradizionali. Forse però era arrivato il momento di fare qualche cambiamento.

Il freddo e la pioggia non accennavano a concedere una tregua, era il momento ideale per un buon bicchiere di vino davanti al fuoco, pensò Emma. Avrebbe potuto passare da *Castiglione* e prendere una bottiglia speciale ma, data l'ora, era meglio avvisare Kate che avrebbe tardato. Cercò con la mano il cellulare nella borsa, senza trovarlo. Accostò per controllare meglio e dovette arrendersi all'evidenza: l'aveva dimenticato in agenzia. Mise la freccia e, appena possibile, fece un'inversione ad U per tornare a recuperarlo. Tommaso si era fermato a dormire da un compagno di scuola e per ogni evenienza era meglio averlo con sé.

ENTRARE NON ERA STATO DIFFICILE. Se qualcuno avesse fatto domande, aveva già la scusa pronta: era lì per sapere se c'erano novità sul caso Di Donato. Si guardò intorno. Sul pianerottolo c'erano solo due porte. Su una spiccava la targa con la scritta "AGENZIA DI INVESTIGAZIONI CASTELLI".

Tirò fuori dal giaccone una lastra per le radiografie, la mise in posizione perpendicolare rispetto alla porta e la inserì nella fessura, facendola scorrere alla ricerca dello scrocco. Un trucchetto che aveva imparato da un amico che aveva qualche conto in sospeso con la legge. Mai avrebbe pensato di poterlo utilizzare e invece adesso tornava utile. Inclinò la lastra verso la maniglia e la spinse ancora di più all'interno. Riuscì a farla passare sotto lo scrocco in modo da farlo arretrare e fu allora che udì il "click" dell'ingranaggio. Sorrise. Un colpo di fortuna. La Castelli non aveva chiuso con le mandate. Abbassò la maniglia e un attimo dopo era all'interno dell'appartamento.

Studiò le porte delle stanze che si aprivano sull'ingresso. Una era semiaperta e vide che si trattava di una sala con una scrivania. Senza accendere le luci, entrò illuminando l'ambiente con una piccola torcia. Sul tavolo da lavoro c'erano carte di ogni tipo.

Non sarebbe stato facile, ma doveva scoprire cosa sapeva la Castelli e se aveva qualche nuovo elemento per far riaprire il processo. Cominciò a frugare illuminando i fogli con la torcia. Erano le carte del dibattimento. L'investigatrice aveva fatto una copia di tutti i verbali e li stava studiando. Fin lì niente di preoccupante. Stava controllando una pila di materiale ammonticchiato quando da una cartellina scivolò fuori un piccolo taccuino nero che cadde a terra. Si chinò a prenderlo e lo illuminò. Tutte le annotazioni erano scritte in inglese, la calligrafia elegante e piuttosto spigolosa non era così semplice da decifrare, ci impiegò un po' ma alla fine si rese conto che si trattava di appunti presi durante il processo di primo grado.

Come ne era venuta in possesso la Castelli?

Di chi potevano essere?

L'associazione arrivò fulminea: Kate Scott, la scrittrice americana, nonché proprietaria di Villa Mimosa dove l'investigatrice ora abitava. Si chiese se potesse aver notato qualcosa di rivelatore. Sembrava improbabile, ma era difficile poterne essere sicuri.

La Castelli doveva averlo già letto, altrimenti non lo avrebbe riposto nella cartellina, pensò. In quel momento sentì l'ascensore fermarsi al piano.

EMMA CERCÒ le chiavi nella borsa, le trovò e aprì la porta. Stranamente aveva dimenticato di dare le solite due mandate, ma quando era uscita si era distratta per parlare con Davide, il suo vicino, quindi probabilmente si era tirata dietro la porta senza chiudere con le chiavi. Accese la luce e si diresse spedita nella sua stanza. Entrò e vide il cellulare sulla scrivania. Notò che il taccuino nero di Kate era fuori della cartellina e lo prese perplessa, chiedendosi perché non lo avesse messo a posto. Per un attimo ebbe la sensazione che ci fosse qualcosa che non quadrava. Si guardò intorno, ma tutto le sembrò come lo aveva lasciato mezz'ora prima. Doveva essere veramente stanca. Aveva ragione Kate, cominciava a perdere colpi. Doveva dormire di più. Stava per rimettere il quadernino dentro la cartellina quando ci ripensò e lo infilò nella borsa.

Magari stasera gli do un'altra occhiata.
Lasciò la giacca sulla sedia e andò in bagno.

PER FORTUNA non si era accorta di nulla ma, se voleva sapere cosa c'era scritto su quel quaderno, doveva agire subito. Scansò la tenda dietro cui aveva trovato riparo e si avvicinò alla sedia dove l'investigatrice aveva posato la borsa, quando sentì il rumore dell'acqua che scorreva.
Troppo tardi.
Tornò a nascondersi, augurandosi che la Castelli non notasse niente. Altrimenti, suo malgrado, avrebbe dovuto agire.

EMMA RIENTRÒ NELLA STANZA, prese la borsa e il telefono e si avviò verso la porta. In quel momento squillò il cellulare. Vide che si trattava di Andrea. Cosa voleva dirle? Riguardava Amber? Sospirò e inserì il vivavoce. Lo avrebbe scoperto presto.

«Emma? Ti stai ancora occupando del caso di Di Donato?»

Lei passò in automatico alla modalità "lavoro".

«Ciao, sì, perché me lo chiedi?»

«Benedetto Clerici è morto. Apparentemente si tratta di suicidio, ha lasciato un biglietto che dovresti vedere.»

«Sei in Questura?» e alla risposta affermativa di lui aggiunse: «Ti raggiungo subito.»

Uscì di corsa tirandosi dietro la porta.

CON I SENSI all'erta aspettò di sentire il rumore dell'ascensore che scendeva, controllò dalla finestra i movimenti della

Castelli e, quando la vide uscire dal portone, si rilassò. Avevano abboccato all'amo. A questo punto tutto sarebbe andato nella direzione che aveva stabilito.

CAPITOLO QUARANTAQUATTRO

La notizia l'aveva colta completamente impreparata. Clerici non le era sembrato il tipo del suicida. Ma poteva sbagliarsi. E cosa c'era scritto nel biglietto ritrovato dalla polizia? Esisteva un collegamento con la visita che gli aveva fatto pochi giorni prima? Erano tutte domande che sarebbero rimaste senza risposta almeno fino a quando non avesse raggiunto Andrea in Questura. Per questo non era in grado di fare nessuna ipotesi.

Una volta arrivata, entrò nell'edificio che conosceva così bene avendo trascorso lì gli anni del suo lavoro in polizia, prima che la morte di Giorgio cambiasse tutto e la sua vita prendesse una strada diversa. Chiese al centralino di avvisare il vice questore Del Greco e poco dopo vide Andrea scendere le scale e venirle incontro.

«Ciao, grazie per avermi avvisata. Cosa è successo?» gli chiese nello stesso tono che aveva usato lui al telefono. Il tono di due che erano stati colleghi e che dovevano parlare di lavoro. Ben diversi dai due che si erano scambiati un bacio appassionato in un momento in cui l'emotività aveva avuto il sopravvento.

Andrea la ragguagliò in modo telegrafico.

«Un gruppo di turisti ha trovato un cadavere nell'Orrido di Nesso. Dai documenti che aveva addosso è risultato essere Benedetto Clerici. Polizzi dice che le ferite sono compatibili con la caduta, quindi potrebbe trattarsi di suicidio, come fa pensare il biglietto che abbiamo trovato nella sua macchina.»

«Posso vederlo?» chiese Emma.

«Vieni, andiamo nell'ufficio reperti» rispose Andrea precedendola verso la scala che scendeva al piano seminterrato. Poi: «Quando lo hai incontrato l'ultima volta?» le chiese.

«Tre giorni fa» rispose lei.

«E come ti è sembrato?»

«Teso, nervoso, spaventato direi. Mi ha letteralmente messo alla porta.»

«Quindi potrebbe essersi sentito sotto pressione? Al punto da perdere la testa?»

Emma scrollò le spalle.

«A essere sincera non lo so. Sono sicura che mi nascondesse qualcosa, ma da qui a suicidarsi...»

«Il maggiordomo di Clerici mi ha riferito che prendeva degli stabilizzatori dell'umore e che a volte aveva delle crisi e spaccava tutto» si sovrappose Andrea. «In camera sua abbiamo trovato il caos e anche delle macchie di sangue sul tappeto, che ho mandato ad analizzare. Potrebbe aver avuto un attacco di nervi e poi aver deciso di farla finita.»

Emma lo guardò perplessa:

«Non potrebbe essere stato aggredito?» chiese.

Lui scosse il capo.

«Non c'è nessun segno di effrazione o di lotta e le telecamere esterne non hanno ripreso nessuno che si avvicinava alla villa.»

«Ma cosa c'è scritto nel biglietto?»

«È un'ammissione di colpa.»

Prima che Emma potesse fare altre domande, Andrea aprì con la chiave la stanza dove erano conservate le prove. Poco dopo le passava un cartoncino protetto da una custodia di plastica trasparente. Le poche parole erano vergate con una calligrafia elegante e un inchiostro di colore arancione:

"Sono stato io a uccidere Michela Sala. Benedetto Clerici".

Emma continuò a rileggerlo mentre nella sua mente la speranza si alternava al dubbio.

Per Cristiano poteva significare la libertà.

Ma era davvero autentico?

Benedetto ormai non poteva più smentire o confermare: non era una coincidenza fin troppo strana?

Se lo rigirò tra le mani, poi guardò il vice questore:

«Siamo sicuri che lo abbia scritto lui?» chiese infine.

«Aspettiamo la relazione del perito calligrafo. Ma perché ne dubiti?»

Emma tornò a esaminare le parole sul biglietto.

«Mi sembra tutto piuttosto anomalo. Per cominciare, non dice che si ucciderà, poi è così… distaccato, artificioso. Non so spiegarti, ma non sembra la confessione di un suicida. Il cartoncino sembrerebbe ritagliato da un foglio da disegno e anche il colore dell'inchiostro è particolare.»

Andrea studiò il biglietto.

«Non hai torto, ma prima di tutto dobbiamo sapere se è lui l'autore.»

«In quel caso il mio cliente verrebbe scagionato?» chiese Emma.

«Se la perizia conferma senza ombra di dubbio che è la calligrafia di Clerici, probabilmente sì.»

CAPITOLO QUARANTACINQUE

KATE ACCESE LA TV DELLA CUCINA PER IL PICCOLO RITO quotidiano dell'ascolto del notiziario regionale delle diciannove e trenta. Emma l'aveva avvisata che avrebbe tardato e che c'era una grossa novità, ma preferiva riferirglielo di persona. Non appena lo speaker del tg cominciò a parlare, Kate però seppe che non ce ne sarebbe stato bisogno. La prima notizia riportava infatti la morte del marchese Benedetto Clerici, ritrovato tra le rocce dell'orrido di Nesso, presumibilmente suicida. La polizia non aveva rilasciato altre dichiarazioni e il PM incaricato del caso, intervistato dai giornalisti, aveva affermato che le indagini sarebbero state a trecentosessanta gradi per accertare cosa fosse effettivamente successo. Seguiva una scheda su Benedetto Clerici, un eccentrico che da dieci anni viveva nella sua tenuta di Alzate come un recluso, in compagnia solo di un maggiordomo e dei suoi cani.

Proprio in quel momento udì le chiavi girare nelle doppie serrature antieffrazione della porta blindata che difendeva l'ingresso di Villa Mimosa. Emma era tornata a casa.

Poco dopo la raggiunse. Lanciò un'occhiata alla tv e disse:

155

«Allora lo hai già saputo.»

Kate annuì.

«Come è successo?»

Emma si versò un bicchiere di rosso.

«Non è quello che avrei voluto» commentò indicando la bottiglia «ma ho dovuto rinunciare a *Castiglione* per andare in Questura.» E le raccontò cosa le aveva detto Andrea e del biglietto lasciato da Benedetto.

«Effettivamente è molto strano» concordò la scrittrice.

«Non siamo neppure sicuri che lo abbia scritto lui» disse Emma. «Potrebbe essere tutta una messinscena, dobbiamo aspettare la perizia calligrafica.»

Kate le lanciò un'occhiata interrogativa.

«Pensi che sia stato ucciso?»

Emma non rispose subito. Sulla sua fronte si disegnò una ruga.

«Penso che, comunque siano andate le cose, io ho una responsabilità in questa morte.»

Kate reagì con decisione.

«Ma è assurdo!» esclamò.

L'amica sorseggiò il vino tenendo le mani a coppa sotto il calice.

«No, non lo è» replicò poi. «Sono convinta che ci sia un collegamento tra la sua morte e i nostri incontri. Se io non…»

«Tu stai solo cercando la verità per far uscire di prigione un innocente» la interruppe Kate. «Una verità che qualcuno, forse con la complicità di Clerici, ha fatto di tutto per seppellire.»

Emma rimase in silenzio per un po', lo sguardo fisso davanti a sé, le dita che giocherellavano con lo stelo del calice.

«Non posso fare a meno di pensare che, se non avessi insistito con lui, forse ora sarebbe ancora vivo.»

La scrittrice ebbe uno scatto.

«E ti sembrava vita quella?» obiettò in un tono più aspro di quello che avrebbe voluto.

«Perché dici così?»

«Perché non credo che possa definirsi vita quella di uno che ha scelto di seppellirsi in una tenuta in campagna, senza più nessun contatto con il resto del mondo. È un'esistenza mutilata, inutile, che non è degna di questo nome.»

Vide che Emma la guardava stupita. E sapeva perché. Non era da lei lasciarsi andare a commenti del genere. Era sempre molto controllata, rifuggiva dalle manifestazioni emotive e ogni sua affermazione passava attraverso il filtro della ragione. Ma questa volta la risonanza con la vita di Benedetto Clerici era stata troppo forte.

Emma allungò una mano, la posò sulla sua e la strinse. Non si spinse oltre, perché sapeva che le 'sdolcinatezze' - come le chiamava Kate - la mettevano in imbarazzo, ma lei capì che voleva trasmetterle la sua vicinanza.

«La tua vita è un dono per tante persone» le disse con affetto. «Pensa a tutti i tuoi lettori» proseguì con un sorriso. «A Jason, agli amici con cui hai mantenuto i contatti e che sanno che per loro ci sarai sempre. Ma soprattutto pensa a Tommy e me. Adesso sei la nostra famiglia.»

Kate fece per protestare, ma l'altra alzò una mano e la prevenne.

«Okay, okay, la smetto, niente melassa per la signora Scott» aggiunse con un sorriso.

La scrittrice si augurò che lo sguardo acuto dell'amica non avesse sorpreso il luccichio sospetto nei suoi occhi. Quando però Emma si protese verso di lei e l'abbracciò, seppe che non le era sfuggito. Non disse nulla, ma ricambiò con forza l'abbraccio.

CAPITOLO QUARANTASEI

ERA PASSATA UNA SETTIMANA DAL LORO ULTIMO incontro. Andrea sapeva che, dopo quello che era successo, era un azzardo chiederle di vedersi come ai vecchi tempi davanti al monumento alla Resistenza, ma non voleva perdere tutto. Ci teneva troppo a lei e avrebbe accettato anche di essere solo suo amico pur di restarle accanto.

«Pensi tu al pranzo o passo io a prendere due tigelle?» gli aveva chiesto al telefono con quell'allegria nella voce che lo incantava sempre.

«Tranquilla, penso a tutto io» aveva risposto. E le aveva portato proprio quella che, in passato, era diventata la loro tigella: squacquerone e rughetta, accompagnata da una birra artigianale speciale.

Quando raggiunse il luogo dell'appuntamento vicino al lago, Emma lo vide e si alzò per andargli incontro. L'aria era fredda, nonostante fosse finalmente spuntato un tiepido sole, e lei aveva calcato sulla testa un basco di lana colorata che si intonava perfettamente con i mezzi guanti che indossava.

Sembra una ragazzina. È bellissima.

«Allora Del Greco, cosa mi hai portato? Ho una fame che non ci vedo con questo venticello freddo» lo salutò aprendo il sacchetto di carta e curiosando.

Era evidente che anche lei voleva sciogliere la tensione che si era creata tra loro. Andrea stette al gioco e le sottrasse il pacchetto.

«Così il tuo interesse è solo per un vile pasto» scherzò.

«E per cosa, se no?»

Gli occhi le ridevano, i loro visi erano così vicini che per un secondo tutto il non detto fra di loro tornò a galla prepotentemente. La tentazione di baciarla era così forte che, per paura di commettere un nuovo errore, Andrea fece un passo indietro e cercò di riportare la conversazione su un terreno meno pericoloso.

«Forse potrei avere delle informazioni che ti interessano.» Sapeva che parlarle del caso era un modo per raffreddare gli animi e in quel momento lui ne aveva bisogno. Emma si fece di colpo seria.

«Si è saputo qualcosa?»

«Prima mangiamo e poi ti racconto» provò a dire, ma ormai aveva catturato la sua attenzione. Quella perizia voleva dire molto per Di Donato, e di conseguenza per Emma.

«Sono arrivati la relazione del perito grafologo e il rapporto della scientifica?»

Andrea annuì.

«La calligrafia è di Benedetto Clerici, ma c'è qualcosa di strano. Innanzitutto l'inchiostro» rispose cercando di restare sul professionale. Quello era un terreno neutro e tutti e due sapevano che adesso era bene non valicare i confini.

«Che cosa ha di particolare?»

«Non è inchiostro normale, è stato ottenuto dalle corolle dei nasturzi.»

Lei lo guardò perplessa.

«Ecco perché era arancione!»

«Mangiamo, altrimenti si raffreddano» insisté lui porgendole la tigella. Si sedettero sulla panchina e Andrea stappò anche le birre. «Non dovrei, ma te ne ho fatta una copia» disse dopo averle offerto la bottiglia, tirando fuori una busta dalla tasca del giaccone. Per un attimo le loro dita si toccarono e tutti e due trasalirono, come se avessero preso la scossa.

«Grazie» sussurrò lei.

«Come vedrai, c'è dell'altro» aggiunse Andrea. «Il tecnico della scientifica dice che quello scritto ha più di dieci anni.»

Emma sgranò gli occhi stupita.

«Vuoi dire che risale all'epoca dell'omicidio?»

Il vice questore annuì.

«Sì e non capisco che senso abbia. Perché scriverlo e poi conservarlo? Se qualcuno lo avesse visto? Era troppo pericoloso per Clerici. E c'è un'ultima cosa.»

«Dimmi.»

«Il grafologo sostiene che il segno grafico manca di naturalezza, ma avrebbe avuto bisogno di un testo più lungo per poterlo confermare.»

«Questo potrebbe significare che ha scritto sotto dettatura? Che qualcuno lo ha costretto?» chiese Emma.

«Si tratta solo di un'ipotesi» sottolineò Andrea, mentre dentro di sé doveva ammettere che era felice che il nuovo caso li costringesse a stare insieme, perché quell'intricata vicenda li stava riavvicinando.

«È un bel rompicapo, ma vedrai che in un modo o nell'altro riusciremo a risolvere» affermò Emma. Poi lo guardò e sorrise. «Insieme. Come ai vecchi tempi.»

Proprio in quel momento squillò il cellulare del vice questore.

«Scusa, ma ho detto di avvisarmi se c'erano novità» disse Andrea prendendo la telefonata. «Dimmi, Corrias.»

«Capo, il Questore è tornato e, appena possibile, l'aspetta nella sua stanza per un aggiornamento» riferì il sottoposto.

«Arrivo» rispose Andrea chiudendo la chiamata. «Mi dispiace, ma devo lasciarti, il Questore in questi giorni è intrattabile e non voglio farlo innervosire più del dovuto. Mi vuole vedere.»

«Non ti preoccupare» rispose Emma, poi indicando i fogli della relazione aggiunse: «E ancora grazie. Per Di Donato sarà una buona notizia, spero di potergliela dare di persona. Io resto un altro momento qui a godermi il sole mentre avviso Kate delle novità. Privilegi della libera professione» aggiunse sorridendo.

Andrea prese il cellulare.

«Prima però devo fare una cosa» disse. Voleva fotografarla, immortalare quel momento.

«Aspetta, meglio un selfie insieme» lo fermò lei ridendo.

Lui si chinò e le sfiorò la guancia con un bacio, mentre alzava il braccio per allontanare il telefono. Scattò e controllò il risultato. Sembravano due ragazzi innamorati.

«Come è venuta?» chiese lei.

Lui gliela mostrò.

«Non male per una vecchietta della tua età» scherzò.

«La voglio! Mandamela.»

Andrea unì il pollice e l'indice e sollevò la mano nell'universale gesto dell'ok. Poi si incamminò maledicendo tra sé il capo e le riunioni in Questura.

CAPITOLO QUARANTASETTE

«Mamma... mi hai sentito?»

Emma finì di parcheggiare e si voltò verso Tommaso con un'espressione di scusa, il pensiero ancora al suo incontro con Andrea. In apparenza tutto sembrava come ai vecchi tempi, ma lei sapeva che non era così. Quel bacio aveva cambiato le cose tra loro, anche se tutti e due avevano deciso di fingere di non accorgersene.

«Mi dispiace, tesoro, mi ero distratta un attimo Cosa dicevi?»

«Pensi che Maria potrà aiutarmi a preparare i marsciamelli?»

Emma sorrise pensando a quante volte Kate lo aveva ripreso, ripetendogli la corretta pronuncia inglese di "marsh-mallows", le toffolette per cui suo figlio nutriva un'autentica passione.

«Puoi provare a chiederglielo, se non ha da fare magari ti dice di sì.»

«Okay.» E la precedette correndo verso l'ingresso della

villa gridando a squarciagola: «Maria! Maria! Mi puoi fare i marsciamelli?»

Emma lo seguì pensando divertita a quanto una scena del genere sarebbe stata impensabile solo non molto tempo prima, quando nessun bambino aveva messo piede a Villa Mimosa. Davvero, si disse, certi incontri possono cambiarti la vita proprio quando non te lo aspetti. Era quello che era successo a lei e Tommy con Kate. Se qualcuno le avesse detto che sarebbe andata a vivere in una delle più belle ville del lago insieme a una giallista americana di fama mondiale, lo avrebbe preso per pazzo. E ancora di più se avesse aggiunto che suo figlio, un bambino di sei anni, avrebbe stretto un insolito ma autentico rapporto di amicizia con quella stessa scrittrice.

Quando raggiunse la porta blindata, Maria, la governante di casa Scott, aveva già aperto, allertata dalle grida di Tommy.

«Buonasera, signora Castelli» l'accolse con un sorriso.

«Buonasera Maria. Kate sta lavorando?»

«Credo di sì, oggi non si è mossa dalla sua stanza» rispose la donna, poi rivolgendosi al piccolo: «Vieni, andiamo a preparare i tuoi marsciamelli» gli disse sorridendo.

Tommaso la seguì saltellando tutto contento mentre Emma si dirigeva verso lo studio. Poco dopo bussò alla porta.

«Avanti» disse la voce di Kate.

Emma entrò e trovò l'amica alla scrivania, immersa nella consultazione di vari tomi che teneva aperti davanti a sé.

«Ciao, stai facendo qualche ricerca per Celia?» le chiese incuriosita.

«Sì, devo precisare i tratti psicologici dell'assassino e ho bisogno di un supporto tecnico» rispose la scrittrice.

Emma si avvicinò ed esaminò le copertine dei libri. Erano manuali e trattati di psichiatria.

«Posso rubarti cinque minuti?» le chiese.

«Certo, dimmi tutto» rispose Kate.

L'investigatrice le riferì nel dettaglio quello che le aveva detto Andrea e le mostrò la relazione dei periti.

«Da quando ho avuto la conferma che la calligrafia del biglietto era di Clerici, ho continuato a chiedermi perché avesse ridotto la stanza in quel modo. E ho ipotizzato che magari stesse cercando proprio il biglietto di autodenuncia scritto dieci anni fa. Il suo comportamento potrebbe essere ricondotto a una sorta di rituale psicotico.»

Kate rifletté sulle parole dell'amica.

«In effetti una ricerca così ossessiva potrebbe far pensare a una cosa del genere» commentò. Indicò i libri sulla scrivania: «A forza di lavorare sulla psicologia criminale mi sono fatta una cultura» aggiunse con un sorriso.

«Ne sono certa» concordò Emma sorridendo a sua volta. Poi riprese il filo del discorso: «Clerici voleva esattamente *quel* biglietto, scritto all'epoca dell'omicidio, per dimostrare che avrebbe sempre voluto confessare il delitto.»

«Interessante» disse Kate. «Potrebbe essere un argomento a sostegno del suicidio anche se, te lo dico francamente, l'idea che abbia voluto uccidersi non mi convince.»

Prese un foglio e una penna. Tracciò una riga e lo divise a metà in senso longitudinale. Da una parte scrisse "suicidio", dall'altra "omicidio".

«Proviamo a vagliare tutte e due le ipotesi» disse. «La prima è che Clerici si sia suicidato. Il motivo può essere il senso di colpa diventato insopportabile o il timore che la verità sarebbe venuta comunque fuori. Ha frugato come un pazzo alla ricerca del biglietto – come dici tu, tipico atteggiamento psicotico -, ha sfasciato tutto come faceva nelle sue crisi secondo la testimonianza del maggiordomo e si è ferito. Poi si è andato a buttare nell'orrido di Nesso lasciando il biglietto.» Mentre parlava appuntava quello che diceva sul foglio.

Emma la guardava pensierosa.

«In effetti è molto contorto. Se aveva tanti sensi di colpa, perché non denunciarsi per scagionare Cristiano? E poi perché andare fino laggiù per suicidarsi? C'erano modi molto più semplici o posti più vicini. E ancora, che significa aver usato un inchiostro così particolare?»

Kate annuì.

«Sono d'accordo con te. Vediamo l'altra ipotesi allora» proseguì. «Benedetto Clerici è stato ucciso per timore che rivelasse qualcosa, probabilmente il nome dell'assassino. E allora ci dobbiamo chiedere: cosa può essere successo? Qual è lo scenario?» disse continuando a prendere appunti. «Qualcuno, dieci anni fa, ha costretto Benedetto a scrivere quel biglietto, come sembrerebbe indicare la perizia grafologica. Sull'inchiostro al momento non ho risposte. Sul perché possiamo pensare che il marchese era in qualche modo coinvolto nell'omicidio e così avrebbe mantenuto il silenzio sul vero colpevole, mentre veniva accusato Cristiano e l'assassino la faceva franca. Di Donato viene incastrato e accusato dell'omicidio. Tutto sembra andare secondo i piani. Poi arrivi tu e cominci a far domande, a smuovere le acque, metti sotto pressione gli ex ragazzi del gruppo e Bendetto Clerici, l'anello debole della catena, finisce nell'Orrido di Nesso.»

Emma la fermò prima che proseguisse.

«Questa catena è formata dai ragazzi che dovevano rappresentare la performance della Sala, sei d'accordo?»

«Tutto lo farebbe pensare, ma non abbiamo prove per poterlo affermare con certezza» replicò Kate. «Comunque diciamo che l'assassino si rende conto che Benedetto è fuori controllo, una mina vagante pronta a esplodere. E decide di metterlo a tacere. Lo attira in una trappola, lo spinge nell'orrido e lascia il biglietto nella macchina di Clerici. Ma come faceva ad averlo lui?»

«Potrebbe avergli detto di portarlo con una scusa o magari è per cercarlo che è tornato alla villa con le chiavi di Benedetto e ha messo tutto a soqquadro» disse Emma. «A meno che non cercasse qualche altra cosa. Ma, in un caso o nell'altro, è stato sorpreso dal cane che lo ha morso, per questo Andrea ha trovato quella macchia di sangue.»

Kate rifletté sulle parole dell'amica.

«Questa ipotesi mi convince molto di più» disse alla fine. «E il risultato del test del DNA ci dirà se è quella giusta.»

CAPITOLO QUARANTOTTO

KATE ERA TORNATA NELLO STUDIO E SI ERA IMMERSA nella storia di Celia quando Tommy bussò alla porta. La scrittrice sorrise pensando che, in poco tempo, il piccolo aveva imparato a rispettare i suoi spazi.

«Entra pure.»

Il bambino si affacciò nella stanza.

«Ti va di fare una partita a Scarabeo?»

Kate fece una smorfia.

«Mi andrebbe, ma devo finire di lavorare. Lo sai che non mi alzo dalla scrivania se non ho scritto almeno un capitolo al giorno.»

Tommaso sbuffò.

«Che pizza! Oggi non me ne va bene una.»

«Che ti è successo?»

«Prima mamma che mi accompagna a scuola con un'ora di ritardo, poi Valerio che non può venire a giocare perché deve andare dal dentista...» cominciò lui, ma Kate lo interruppe, non era da Emma fare una cosa del genere.

«Come mai siete arrivati così in ritardo? Avete incontrato un incidente sulla strada?» gli domandò stupita.

Il bambino alzò le spalle.

«No, semplicemente mamma si è dimenticata che oggi entrava l'ora legale, così la maestra ci ha fatto tutta una lezione su come vanno spostate le lancette a marzo e a ottobre.»

«Può succedere. Tua madre era troppo presa dall'indagine e non si è ricordata di regolare gli orologi.»

«Sei sicura che non vuoi giocare?»

«Sicurissima. Il lavoro innanzitutto.»

Il bambino chiuse la porta e lei fece per tornare al romanzo, ma quel discorso sull'ora legale aveva messo in moto un altro pensiero. Prese il taccuino degli appunti sul processo Di Donato che Emma le aveva riportato e controllò alcune pagine.

Ma come hanno fatto a non pensarci?!

Scattò in piedi e uscì rapida dalla stanza. Non si capacitava che nessuno avesse preso in considerazione quella eventualità.

«Emma, dove sei?» chiamò affacciandosi in cucina dove l'amica amava soffermarsi.

«Maria, hai visto la signora Castelli?» chiese non vedendola.

«Credo sia in terrazza a fare ginnastica, è scesa in tuta» rispose la domestica intenta a preparare un arrosto per la cena.

Kate si diresse in salotto e vide, oltre la vetrata, l'amica che stava eseguendo una sequenza dei movimenti del Tai-Chi con l'ultima luce del giorno. Per un attimo si disse che forse poteva aspettare che finisse l'allenamento, ma poi ci ripensò. Quello che le aveva suggerito il discorso con Tommy gettava una nuova luce sull'omicidio ed era certa che Emma avrebbe voluto saperlo subito. Aprì la finestra e la chiamò:

«Scusa, posso interromperti?»

L'investigatrice si fermò e si avvicinò.

«È successo qualcosa?»

«No tranquilla, ma ho avuto un'idea. Tommy mi ha raccontato di stamattina...»

Emma alzò gli occhi al cielo scuotendo la testa.

«Te lo immagini? Me ne ha dette di tutti colori! Non so come ho fatto.»

«Troppi files aperti» disse Kate sorridendo. «Capita anche ai migliori. Però non è di questo che ti volevo parlare» riprese «ma di qualcosa collegato all'ora legale. Ho controllato sui miei appunti, tutti i ragazzi hanno dichiarato che quando è stato commesso l'omicidio erano insieme in un bar a prendere un aperitivo...»

«Aspetta un momento, rientro, sto gelando» la fermò l'amica alzando una mano e avviandosi alla porta finestra. «È vero, ma non capisco dove vuoi arrivare» disse una volta in salotto.

«Te lo spiego subito. Cristiano Di Donato è stato incastrato dall'ora segnata sull'orologio della Sala. Aveva ammesso di essere uscito da casa di lei intorno alle sei e il perito, sapendo che il Rolex si caricava con il movimento del braccio e si sarebbe fermato trentasei ore dopo, facendo il calcolo delle ore disse che la Sala era morta fra le cinque e mezzo e le sei e mezzo di pomeriggio.»

«Esatto.»

«Peccato che nessuno abbia pensato che l'orologio poteva essere stato spostato indietro manualmente.»

Per un attimo Emma rimase in silenzio a rimuginare su quelle parole.

«Hai ragione» disse alla fine. «Questo spiegherebbe anche le tracce di sangue vicino all'interruttore della luce. L'analisi del DNA dimostrò che si trattava di quello della Sala, ma nessuno pensò che chi aveva sporcato il muro aveva acceso e spento la luce, perciò era uscito dalla casa col buio.»

«Invece Di Donato alle otto di sera era in stazione per prendere il treno per Como» disse la scrittrice «e a quell'ora era ancora giorno, quindi non aveva motivo di usare l'interruttore.»

«Questo proverebbe che non è stato Cristiano a ucciderla, ma qualcun altro che è arrivato quando lui era già uscito e se n' è andato quando era sera inoltrata, dopo aver spostato l'orologio per anticipare l'ora della morte» riassunse Emma. «Devo parlarne subito con Andrea.»

CAPITOLO QUARANTANOVE

PER UNA VOLTA LA PRESENZA DI AMBER SI ERA RIVELATA preziosa. Quando aveva ricevuto la telefonata di Emma, il vice questore stava uscendo dall'ufficio e aveva colto l'occasione per prendersi una serata di libertà. Dal tono della voce aveva capito che l'investigatrice aveva delle novità importanti e anche lui voleva aggiornarla sulle indagini. L'occasione gli era sembrata perfetta per passare del tempo insieme con la scusa del lavoro.

Si erano visti in una birreria vicino a Porta Torre, l'ingresso medievale della città. La serata era gelida e nel locale non c'era molta gente, così avevano scelto un tavolino appartato al primo piano e avevano ordinato birra tedesca e bistecca.

Mentre aspettavano, Emma gli espose l'ipotesi di Kate, sottolineando il fatto che aveva consultato un amico orologiaio e aveva avuto la conferma che in quel tipo di orologio si poteva rimettere con facilità l'ora manualmente.

«A questo punto tutta la tesi accusatoria viene a cadere» concluse l'investigatrice.

Andrea le sorrise, pensando che era veramente bellissima quando si infervorava per difendere le sue idee. Alzò il sopracciglio con un'espressione leggermente scettica.

«Non proprio tutta» dichiarò. «Però sicuramente è un'ipotesi da prendere in considerazione, soprattutto ora che sappiamo che il sangue ritrovato a Villa Clerici non era del marchese.»

Emma gli diede un pugno scherzoso sul bicipite.

«Che aspettavi a dirmelo?»

Andrea fu felice di quel fugace contatto, che rivelava che lei non voleva rinunciare alla confidenza che c'era tra loro. Era un primo passo, pensò il vice questore.

«Il risultato dell'esame del DNA è arrivato mentre stavo uscendo» le spiegò. «Ti avrei telefonato ma mi hai anticipato. Poi qui sei partita in quarta, quando avrei dovuto dirtelo?» concluse divertito.

Emma rise.

«Scusa, hai ragione» ammise. «Ma ti rendi conto delle implicazioni che ha sulle indagini? Se Benedetto Clerici non si è suicidato ma è stato ucciso, questo cambia tutto. È chiaro che chi ha ucciso lui è la stessa persona responsabile della morte di Michela Sala. Quello che dieci anni fa lo ha costretto a scrivere quel biglietto. E lo ha fatto per impedirgli di parlare, perché Clerici avrebbe potuto rivelare la verità.»

Lui annuì.

«Sono d'accordo con te, così come penso anch'io che il colpevole sia uno del gruppo della Sala. Domani chiederò alla PM Ripamonti, che si occupa delle indagini su Clerici, l'autorizzazione per un confronto tra il DNA di ognuno di loro e quello trovato nella stanza del marchese.»

«Anche se non mi sta simpatica, è una persona corretta. Sono sicura che riuscirai a convincerla» dichiarò Emma allungando d'impulso la mano su quella di lui e stringendogliela mentre un sorriso le illuminava il volto.

Per un attimo Andrea ricambiò la stretta, pensando che era davvero bello essersi ritrovati per merito di quel caso.

CAPITOLO CINQUANTA

GRAZIE ALL'INTERVENTO DELL'AVVOCATO DEI DI Donato e della direttrice del carcere, che l'avevano appoggiata nell'istanza presentata al giudice di sorveglianza, a seguito delle nuove prove in possesso della polizia Emma aveva ottenuto un permesso speciale per recarsi in carcere da Cristiano. Da sola, dato che lui continuava a rifiutare di vedere la sorella.

L'incontro che Emma aveva avuto con Simona era stato segnato da un lato dalla speranza che l'ammissione di colpa di Benedetto Clerici potesse condurre alla scarcerazione del fratello o almeno alla possibilità di chiedere la revisione del processo, e dall'altro dalla sofferenza della sorella di Cristiano per la chiusura di lui nei suoi confronti.

"Ti prego," le aveva detto Simona "aiutalo a riprendere a sperare. Si sta lasciando morire e io impazzisco all'idea di non poter far niente e di non poterlo neppure vedere." Emma aveva ancora una volta assorbito quella sofferenza, l'aveva in parte fatta sua perché solo in quel modo Cristiano avrebbe potuto avvertire il dolore di Simona e decidere di perdonarla.

"Non parlargli di me" le aveva chiesto però lei. "Fai solo

in modo che abbia fiducia in te, in questo momento è l'unica cosa che conta."

Emma si era commossa davanti a quella prova di amore disinteressato.

"Ci proverò in tutti i modi" le aveva promesso. "Spero solo di riuscire a farmi ascoltare."

E adesso che era in attesa nel parlatorio ripensava a quella promessa, ben decisa a mantenerla. Poi lo vide e dovette fare uno sforzo per non esternare il suo sgomento. Una guardia carceraria spingeva la sedia a rotelle dove Cristiano era seduto, assicurato da una cinghia per evitare che scivolasse. Del bel ragazzo arrogante e pieno di fuoco e di fascino non restava nessuna traccia nell'uomo scheletrico ed emaciato, dallo sguardo spento dietro gli occhi semichiusi. I vestiti gli ballavano addosso, i capelli erano arruffati, qua e là striati di ciocche bianche. Quando furono di fronte, Emma si rese conto che Cristiano aveva difficoltà a mettere a fuoco e si chiese se quello che aveva da dirgli sarebbe riuscito a raggiungerlo nel territorio desolato in cui si era perso. Avrebbe potuto restituirgli la speranza, la voglia di vivere? Non ne era sicura.

«Ci sono delle novità importanti, Cristiano» gli disse cercando il suo sguardo. Le parve di scorgere per un attimo un lampo in fondo a quegli occhi vacui. «Benedetto Clerici è morto» proseguì «probabilmente è stato ucciso.»

Di Donato trasalì ma non disse nulla.

«Nella sua macchina è stato trovato un biglietto» continuò Emma «dove lui confessa di aver ucciso Michela.»

A quelle parole fu come se Cristiano fosse stato attraversato da una violenta scossa elettrica. Il suo corpo provato e smagrito sussultò violentemente ed Emma pensò che, se non ci fosse stata la cinghia a trattenerlo, sarebbe caduto dalla sedia a rotelle.

«Cosa?» articolò con voce strozzata.

«La perizia calligrafica ha confermato che è lui l'autore del biglietto.» Lo fissò. «Capisci che significa Cristiano? Questo potrebbe scagionarti.»

Ma lui sembrava perso dietro ad altri pensieri.

«Lui… l'ha uccisa lui… ma perché… perché?» mormorò con voce spezzata.

Emma scosse il capo.

«Non lo so. Ci sono ancora dei punti oscuri. Soprattutto uno: il biglietto è stato scritto dieci anni fa.»

Di Donato la fissò come se non avesse compreso.

«Che vuol dire?»

«Che dopo la morte di Michela, Benedetto Clerici ha scritto su un pezzo di foglio da disegno "Ho ucciso Michela Sala" usando un colore ottenuto da un impasto di corolle di nasturzi e…»

«No» la interruppe lui. «No» ripeté.

«No cosa?» chiese Emma perplessa.

«Lui non usava i nasturzi, solo oro zecchino.»

Lei lo guardò stupita.

«Non capisco» disse.

«Ognuno di noi firmava le sue opere con un composto diverso» Cristiano si fermò per riprendere fiato, era evidente che parlare gli costava un enorme sforzo. «Benedetto usava l'oro zecchino per distinguersi da noi plebei» proseguì con un guizzo della vecchia arroganza.

Emma rimase per qualche istante senza parole. Poi:

«Cristiano, ascoltami, è importante. Chi firmava con il composto di corolle di nasturzi?»

CAPITOLO CINQUANTUNO

«Mi dispiace del Greco, ma non posso darle l'autorizzazione.»

Andrea guardò la Ripamonti incredulo. La PM, seduta dietro la sua scrivania, aveva un'espressione decisa.

«Le sue sono solo supposizioni, non ha uno straccio di prova ad avvalorare le sue tesi e sia la Molteni che Centi sono due intoccabili. La prima perché il marito è un politico che non si farebbe scrupolo di accusarci di abuso di potere per racimolare voti e il secondo perché è considerato uno dei performer più noti del momento, che per di più deve esordire a breve con un nuovo spettacolo, figuriamoci se non coglierebbe l'occasione per farsi un po' di pubblicità.»

«Ma senza un riscontro...» cominciò a obiettare il vice questore.

Lei lo interruppe subito.

«Sta a lei trovarlo, mi porti delle prove concrete contro di loro e le farò avere il mandato per richiedere il DNA.»

Andrea sapeva che era inutile insistere, la Ripamonti era stata piuttosto chiara e aveva parlato fuori dai denti. Dovevano evitare di attirare l'attenzione della stampa, quindi era bene muoversi con un passo felpato. Girò le spalle e fece per uscire dalla stanza, non c'era altro da dire. Ma quando fu sulla soglia lei lo richiamò:

«Del Greco, mi tenga informata. La pista è buona, vada avanti così.»

Lui annuì pensando che era facile a dirsi, ma quella storia rischiava di impantanarsi e finire con un nulla di fatto. Con quello che ormai riteneva fosse un innocente dietro le sbarre.

EMMA ASPETTAVA nella stanza del vice questore che Andrea tornasse dall'incontro con la PM, ma non riusciva a star ferma e camminava avanti e indietro come una leonessa in gabbia.

«Allora, che ti ha detto?» gli chiese non appena lo vide entrare.

Lui alzò le spalle.

«La Ripamonti non dà l'autorizzazione se non le porto prove concrete» rispose lapidario.

«Le ho. Sono stata in carcere e Cristiano mi ha detto che ognuno di loro usava un impasto particolare per firmare le sue opere. Il colore con cui è stato scritto il biglietto di Clerici, ottenuto dai nasturzi, era quello usato da Centi.»

«E allora? Questo che significa?» la risposta era stata secca, ma veniva in quel momento dall'incontro con la Ripamonti ed era evidente che le parole della PM gli bruciavano ancora.

Emma rimase interdetta dal tono brusco di lui.

«Come che significa? Clerici usava l'oro zecchino proprio per distinguersi dagli altri. Perciò qualcuno lo ha obbligato a scrivere quel biglietto. Magari proprio Centi, o un altro del gruppo che voleva confondere le acque. A questo punto mi sembra chiaro che sia stato uno di loro a ucciderlo. E a uccidere la Sala. Chiunque sia stato, non voleva che parlasse. Basterebbe un confronto con il sangue ritrovato nella villa...»

«Non insistere» la interruppe lui. «Lo so anche io, ma il marito della Molteni si sta candidando per le prossime elezioni e Centi deve fare un grande happening proprio a Como. Ai piani alti non vogliono grane.»

Emma incassò il colpo. Si sedette su un angolo del tavolo a riflettere.

«La scientifica ha trovato altro?» gli chiese.

«Fibre tessili, ma potrebbero essere di qualsiasi cosa.»

«Se potessimo controllare dove erano tutti la sera della morte del marchese ci aiuterebbe a trovare l'assassino» insisté Emma. «Per non dire che basterebbe verificare se qualcuno ha una ferita provocata dal morso di un cane.»

Andrea annuì.

«Questo potremmo farlo, con la scusa di ascoltarli come persone informate sui fatti, dato che conoscevano Clerici.» Le sorrise. «Ci avevo pensato anch'io.»

Emma gli sorrise di rimando.

«Nel mentre si potrebbero anche controllare i tabulati telefonici mettendoli a confronto...» suggerì.

«Sei stata anche tu in polizia» ribatté lui «e sai benissimo che...»

«... senza autorizzazione non si può» si sovrappose Emma. Poi però aggiunse: «*Tu* non puoi, ma io...»

Andrea le lanciò uno sguardo storto.

«Faccio finta di non aver sentito, Castelli.»

Emma afferrò la giacca e lo zaino che aveva posato su una sedia e lo salutò con un cenno della mano.

«Tu fai controllare se qualcuno di loro è stato morso da un cane, io penso al resto» gli soffiò un bacio e si precipitò fuori della stanza.

CAPITOLO CINQUANTADUE

Emma aveva lasciato Como diretta a Milano, non prima di aver avvertito Antonio Caruso che stava andando da lui, anche se era abbastanza sicura che lo avrebbe trovato comunque nella sua tana, da cui usciva raramente.

Si erano conosciuti quando Emma era ancora in polizia, durante un'indagine nella quale Antonio, brillante informatico che aveva fatto dell'hackeraggio un'arte, era stato determinante per smascherare i colpevoli. Lei in quell'occasione aveva coperto le sue ricerche poco ortodosse e da allora erano diventati amici e lei ricorreva a lui quando si trattava di questioni delicate sul filo della legalità. Come in questo caso. Ufficialmente, però, lui era il suo amico che aveva un'azienda di servizi informatici.

Emma parcheggiò poco distante dall'ufficio-abitazione di Antonio, a pochi minuti da Piazzale Duca d'Aosta. Poco dopo aver suonato il campanello, la porta si aprì e davanti a lei comparve Gina, eterna fidanzata di Antonio.

«Emma!» la ragazza le schioccò due baci sulle guance. «Che bello vederti.»

L'investigatrice le sorrise e la guardò con apprezzamento.

«Stai benissimo!» esclamò. «Niente più cannoli siciliani?» chiese maliziosa.

Gina rise.

«Ho convinto Antonio ad andare da un dietologo e questi sono i risultati» commentò. «In sei mesi ho perso dieci chili.»

«È stata dura?» chiese Emma, mentre la seguiva all'interno del locale, ingombro di computer e di altri macchinari e tappezzato di poster di famosi concerti rock.

«Durissima!»

Da dietro un paravento sistemato sul fondo del grande stanzone emerse Antonio.

Emma lo guardò incredula. Nuovo taglio di capelli. Fisico asciutto e scattante e abbigliamento informale ma dai colori ben abbinati. Del nerd che conosceva non era rimasto molto.

«Accidenti che cambiamento!» esclamò.

Lui sorrise soddisfatto poi si avvicinò a Gina e le cinse le spalle.

«Abbiamo fatto un buon lavoro, che ne dici?»

«Siete stati bravissimi» si complimentò Emma.

Gina si strinse fiera al suo ragazzo.

«Non credevo che ce l'avrebbe fatta, e invece guarda che figurino!»

Emma rise.

«Puoi dirlo forte! Anche se credo che il mio vecchio amico nerd un po' mi mancherà» dichiarò.

Antonio le fece l'occhiolino battendosi una mano sul petto.

«Quello è sempre qui mia cara, te lo garantisco. E, a proposito, come posso esserti utile?»

CAPITOLO CINQUANTATRÉ

Kate sfogliò i tabulati telefonici che Antonio aveva ottenuto tramite i suoi contatti e stampato per Emma, dove l'investigatrice aveva segnato con l'evidenziatore alcune chiamate in entrata e in uscita.

«I numeri che vedi sono quelli di Clerici, Centi, Pellizzari e della Molteni» disse Emma «in alto mi sono appuntata una piccola legenda.»

Kate annuì e continuò a esaminarli uno per uno.

Alla fine sollevò il capo e guardò l'amica.

«Hanno mentito tutti» affermò «quando hanno detto che non si sentivano più dai tempi del processo.»

«Esatto» approvò Emma. «Invece si sono sentiti eccome, soprattutto Centi e la Molteni.»

«Ma anche Clerici e Centi» disse Kate scorrendo con il dito l'elenco delle chiamate e soffermandosi sui numeri corrispondenti.

«Già, soprattutto nei giorni prima della morte di Benedetto» sottolineò Emma. «Peccato che non possiamo usare i tabulati come prova visto che li abbiamo ottenuti in modo, diciamo, non regolare.»

Kate sospirò ed Emma si chiese se fosse per esprimere il suo dissenso silenzioso su certi metodi o il dispiacere per non poter far uso di quelle prove. Preferì non approfondire. La scrittrice tornò a guardare i fogli dei tabulati.

«Se fai attenzione» notò «le telefonate si intensificano da quando tu gli hai fatto sapere che stavi cercando nuove prove per chiedere la revisione del processo.»

Emma seguì i movimenti del dito di Kate in corrispondenza di alcune date.

«Hai ragione» concordò. «Le mie domande sono state la classica pietra nello stagno. E le onde che si sono sollevate hanno portato alla morte di Clerici.»

Kate posò i fogli.

«Celia direbbe che il fatto che tutti abbiano mentito apre un altro scenario.»

Emma la guardò e attese che proseguisse.

«Prima pensavamo che a essere coinvolti nell'omicidio fossero solo Clerici e la persona che lo ha ucciso, ma adesso sembra che le cose stiano diversamente.»

Emma tamburellò con le dita sul bracciolo della poltrona.

«Adesso sembra che siano tutti coinvolti.»

«Ma in che modo?» chiese Kate. «Che ruolo hanno avuto Pellizzari, Centi e la Molteni nella morte di Michela e in quella di Clerici?»

L'investigatrice scosse il capo.

«Non lo so, ogni volta che credo di arrivare a una conclusione succede qualcosa che cambia le carte in tavola.»

«Capita anche a Celia» disse Kate sorridendo.

«E cosa fa allora?»

«Dipende» la scrittrice si alzò e guardò il lago che scintillava oltre la vetrata. «A volte va a farsi una nuotata per schiarirsi le idee.»

Emma rabbrividì.

«Non è ancora stagione di bagni. Altri suggerimenti?»

«Cercare qualcuno che possa offrire uno sguardo diverso sulla situazione.»

«Ad esempio chi?»

Kate aggrottò la fronte, come se cercasse di afferrare un pensiero, o un ricordo.

«C'è un'immagine del processo che mi è rimasta impressa» disse alla fine. «È quella di una donna che stava in fondo all'aula, da sola, senza dire una parola a nessuno, sempre vestita con eleganza ma molto sobria, i capelli raccolti in uno chignon, gli occhi segnati dalle occhiaie. Ogni giorno che passava sembrava più piegata dalla sofferenza, ma era sempre lì. Aveva l'aspetto del personaggio di una tragedia greca. All'inizio pensavo che fosse la madre di Di Donato, poi invece ho saputo che era la madre di Michela Sala.»

Emma la guardò perplessa.

«E secondo te…» cominciò.

«Secondo me dovresti provare a parlare con lei. Quando è salita sul banco dei testimoni, al processo, non ha detto molto, ma qualcosa potrebbe essermi sfuggito, magari un dettaglio che oggi potrebbe aiutarci a fare luce.»

CAPITOLO CINQUANTAQUATTRO

QUELLA SERA KATE NON RIUSCIVA A CONCENTRARSI. Posò sul comodino il manuale di anatomia criminale e si alzò dal letto. Si avvicinò alla finestra, scostò la tenda e guardò il lago. Le parole di Emma continuavano a tornarle alla mente. "Adesso sembra che siano tutti coinvolti."

Cercò di fissare un ricordo che pareva volerle sfuggire ogni volta che iniziava ad affiorare. Poi improvvisamente un'immagine cominciò a prender forma davanti ai suoi occhi.

DIECI ANNI PRIMA – Esterno tribunale

L'udienza era finita e il folto pubblico che la stava seguendo si era riversato fuori del tribunale. Kate si stava dirigendo verso la fermata dei taxi quando il suo sguardo inquadrò i quattro ragazzi del gruppo della Sala. Erano fermi da un lato dell'edificio e stavano discutendo animatamente. Qualcosa nelle loro espressioni e nel tono della voce che tradiva una tensione crescente la spinse a fermarsi per cogliere, se non tutte le parole, almeno il senso di quello che si stavano dicendo.

Benedetto Clerici era visibilmente turbato. Continuava a passarsi la mano tra i ricci biondi, scompigliandoli.

«Dobbiamo parlare, quello che sta accadendo non è giusto... se Cristiano ...»

Augusto Centi, sebbene più basso, gli aveva messo con decisione una mano sulla spalla.

«Non possiamo fare niente. Ha un avvocato, deve vedersela lui.»

Kate si strinse nel cappotto. La tensione che vibrava tra loro tradiva qualcosa di non detto. Cosa sapevano i ragazzi che avrebbe potuto aiutare il loro amico? E perché non parlavano? I due stavano quasi per venire alle mani, quando la Molteni li aveva fermati. Kate stava provando ad avvicinarsi per cercare di cogliere le parole della discussione che era ripresa a voce più bassa, quando alle sue spalle qualcuno gridò:

«Quella è Kate Scott, la scrittrice!»

In un attimo un gruppo di fotografi e giornalisti la circondò scattando foto e bersagliandola di domande

«Kate, perché è in tribunale?»

«Le interessa la giustizia italiana?»

«Vuole ambientare nuove storie di Celia qui in Italia?»

A nulla erano serviti i grandi occhiali scuri dietro cui si era nascosta. I paparazzi l'avevano trovata lo stesso e volevano il loro spettacolo. Kate non poté sottrarsi. Sfoggiando il suo sorriso da Mrs Bestseller, come era stata soprannominata, diede la risposta che si aspettavano da lei. Ebbene sì, stava scrivendo la nuova storia di Celia ambientandola in Italia, cosa parzialmente vera.

Quando riuscì a liberarsi di loro, si voltò e si rese conto che i ragazzi non c'erano più. Insieme all'impressione che ci fosse qualcosa che avevano deciso di tacere, le rimase la sensazione di una discrepanza. Riguardava Augusto Centi. Il giovane, che in aula si era sempre mostrato molto dimesso e aveva mantenuto costante-

mente un basso profilo, all'interno del gruppo doveva, invece, essere un leader.

DEVO PARLARNE CON EMMA, pensò Kate, incurante dell'ora tarda. Sentiva che quel particolare poteva fare la differenza. Aprì l'armadio, prese la vestaglia nera di cachemire e la indossò. Nonostante i termosifoni fossero ancora accesi, la temperatura era scesa. Uscì in corridoio e si diresse verso la camera dell'amica. Con sollievo vide una lama di luce sotto la porta e bussò lievemente.

«Entra pure» disse la voce di Emma.

La scrittrice spinse la porta e la raggiunse.

«Anche tu non dormi» osservò sorridendo.

Emma annuì.

«Ho la sensazione che qualcosa ci sfugga, ma non riesco a metterla a fuoco» ammise rammaricata.

Kate sedette sulla poltrona vicino alla finestra.

«Anche io avevo la stessa impressione, poi però mi sono ricordata di uno dei primi giorni del dibattimento...» Le riferì tutta la scena. «Mi sembrava che gli altri avessero paura di lui, di Centi intendo, ma parliamo solo di sensazioni.»

«Sicuramente Centi era ed è un accentratore, non farebbe il mestiere che fa se non lo fosse, ma è anche un manipolatore. Quando sono stata da lui, come ti ho detto, ho avuto la netta sensazione che avesse messo in scena uno spettacolo a mio esclusivo beneficio» affermò Emma.

«L'inchiostro con cui Benedetto ha firmato la sua ammissione di colpa era quello di Centi» riprese Kate. «Quindi a ragion di logica erano da lui quando lo ha fatto. Se fossero stati tutti d'accordo a coprirlo, per qualche motivo che non riesco a immaginare, facendo ricadere la colpa su Di Donato, quel biglietto potrebbe essere stato il salvacondotto di Centi.»

Emma scosse la testa.

«Non mi torna. Il biglietto doveva averlo Benedetto, qualcuno ha frugato in tutta la sua stanza per cercarlo...»

Kate alzò la mano per fermarla.

«Questo è quello che pensiamo noi, ma se invece l'assassino avesse cercato altro? Qualcosa che lo poteva incriminare. Prova a immaginare uno scenario diverso. Benedetto, stressato dalle tue visite e dalle tue domande, comincia a dare fuori di testa, l'assassino...»

«Vuoi dire Centi?» intervenne Emma.

«Non sono sicura che sia lui il colpevole, potrebbe anche essere stata la Molteni oppure Pellizzari, non possiamo escluderli.»

«Sono d'accordo.»

Kate riprese il discorso.

«Dicevo, l'assassino, che ha in mano il biglietto di Benedetto, lo uccide e lascia sul posto la confessione, in modo che la questione si chiuda per sempre. Poi torna alla villa e cerca l'oggetto che lo può incriminare, ma viene morso dal cane ed è costretto alla fuga.»

«Purtroppo Andrea mi ha detto che, se anche qualcuno di loro è stato morso, ha fatto in modo di nasconderlo.»

«Ha controllato negli ospedali?»

«Sì, ma non è emerso niente.»

Kate appoggiò il mento sulle mani giunte, riflettendo.

«Forse bisogna tornare a Villa Clerici e fare un'ispezione più approfondita. Se siamo fortunati, l'assassino non ha trovato quello che cercava.»

«Hanno messo i sigilli» disse Emma «ma posso provare a convincere Andrea della tua tesi.»

CAPITOLO CINQUANTACINQUE

«ABBIAMO PENSATO LA STESSA COSA» LE AVEVA DETTO Andrea quando Emma lo aveva chiamato. «Ho mandato Marra e Corrias a villa Clerici. Chi lo ha ucciso non è un delinquente abituale, non può aver pianificato tutto nei minimi dettagli, qualcosa gli dev'essere sfuggito.»

«Per favore, dammi notizie» gli aveva chiesto.

Si erano salutati con la promessa di tornare a bere una birra insieme. Emma aveva chiuso la comunicazione con un sorriso sulle labbra.

È solo un amico, continuava a ripetersi mentre guidava diretta verso l'appartamento dove abitava Giovanna Sala, la madre della performer uccisa. Ma sapeva che, per quanto si sforzasse di vederla in quel modo, Andrea, da quando si erano baciati, era entrato in una sfera molto diversa di quella dell'amicizia e continuare a far finta di niente sarebbe servito a poco.

Smetti di pensare a lui e concentrati sulla madre della Sala. Non puoi permetterti distrazioni.

Una volta a Milano, il navigatore l'aveva portata nella

189

traversa di piazzale Loreto dove abitava la donna. Emma controllò il numero civico e parcheggiò poco lontano. Era una palazzina d'epoca a tre piani che, in origine, doveva essere stata un'unica villa.

Quando l'aveva chiamata, la madre della performer era rimasta stupita sentendo che voleva parlarle di Michela, ma le aveva dato la sua disponibilità e l'aveva congedata dicendo:

«L'aspetto domani mattina, alle undici.»

Emma controllò l'orologio, le undici spaccate, puntuale come un orologio svizzero. Suonò al citofono augurandosi che la donna potesse esserle d'aiuto.

«Terzo piano» rispose una voce femminile. Poi il rumore del cancello che si apriva.

Entrò nell'androne. Il villino, come aveva immaginato, era stato diviso in più appartamenti. Imboccò le scale e salì. Arrivata al terzo piano trovò una sola porta. Socchiusa.

Emma bussò e si affacciò nell'appartamento.

«È permesso?» chiese.

L'ambiente era chiaro. Luminoso. All'ingresso un grande specchio antico sopra una bella cassettiera primi dell'Ottocento e una foto di Michela a una mostra, che attirava subito lo sguardo. Era chiaramente la casa di persone amanti del bello. Bastava guardare i quadri che tappezzavano le pareti. Dai divertenti bambini di Haring, a olii della scuola napoletana dell'Ottocento. Moderno e antico si alternavano in un piacevole colpo d'occhio. Non c'era da stupirsi che Michela, cresciuta in un simile contesto, fosse diventata quello che era, si disse Emma. In quel momento una voce alle sue spalle chiese:

«Perché mi ha cercata?»

Come dal nulla era apparsa una piccola donna che indossava un lungo abito di lana color panna. I capelli grigi erano raccolti in uno chignon basso, i grandi occhi scuri avevano uno sguardo diretto, franco. Giovanna Sala, nonostante l'età, era ancora una donna affascinante, come doveva esserlo stato la figlia.

«Sto lavorando per Cristiano Di Donato» rispose Emma con sincerità, «lui continua a proclamarsi innocente e io gli credo.»

«Mi segua» disse la madre di Michela facendole strada nel salotto. Su un piano a mezza coda c'era un'altra foto incorniciata di Michela, questa volta insieme a Cristiano, abbracciati.

Se la tiene lì significa che anche lei pensa che sia innocente.

La donna si sedette su un divano dalle linee essenziali in pelle bianca, invitandola ad accomodarsi.

«Era ora che si rivolgesse a qualcuno competente» esordì guardandola dritta in faccia.

«Per il momento ho fatto poco» ammise Emma, «ma non intendo arrendermi.»

Giovanna Sala inarcò le sopracciglia.

«Non lo penso affatto. Ho letto sui giornali che uno di loro si è suicidato» sottolineò le parole *uno di loro*.

«Non sappiamo ancora se si è trattato di suicidio...» cominciò Emma, ma l'altra la fermò.

«Mi scusi se la interrompo, ma lei all'epoca non c'era. Ha conosciuto la mia Michela?»

Emma scosse la testa.

«Purtroppo no, ho visto solo dei video.»

«Allora ha percepito solo uno sprazzo di quella che era la sua essenza. Michela era un fuoco d'artificio, energia pura. Aveva preso quei ragazzi perché voleva fare uno spettacolo unico. Ognuno di loro lo aveva cercato, scelto...»

Questa volta fu Emma a interromperla.

«Pensa che vi fossero delle gelosie fra di loro?»

La donna inclinò la testa aggrottando la fronte.

«Forse» rispose riflettendo, «ma lei aveva fatto la sua scelta perché si riconosceva in Cristiano. Magari sul quaderno potrebbe esserci qualcosa che...»

«Quale quaderno, signora?» si sovrappose nuovamente Emma.

«Quello sullo spettacolo» le spiegò Giovanna Sala. «Come per tutte le sue performance, Michela teneva un diario dell'evoluzione della rappresentazione, giorno dopo giorno. Di solito prima di andare in scena lo faceva stampare. Diceva che era un modo per entrare nello spirito del lavoro.»

«E come mai non ce n'è traccia nei verbali della polizia?»

«Mi accorsi che lo aveva lasciato qui solo tempo dopo» rispose la madre della performer. «Mia figlia, il giorno prima dell'omicidio, aveva fatto una video-intervista con un critico famoso...» fece una pausa cercando di ricordarsi il nome.

«Ivo Farnesi» suggerì Emma.

«Sì, lui. Quella mattina mi passò a trovare e dimenticò il quaderno perché aveva un appuntamento con Cristiano e aveva fatto tardi. Poi è successo quello che è successo. Quando è venuta la polizia a interrogarmi, non ho pensato al quaderno, né loro me lo hanno chiesto. In seguito l'ho ritrovato ma non sono neppure riuscita a leggerlo, mi faceva troppo male.»

«Signora, potrebbe darmelo?» chiese Emma. «Le prometto che glielo riporterò il prima possibile.»

Giovanna Sala andò nel suo studio, tornò con un quaderno nero e glielo porse.

«Spero che possa esserle d'aiuto» disse.

Emma la ringraziò, poi cercò il suo sguardo:

«Può dirmi perché pensa che non sia stato Cristiano?»

La donna prese la foto dal pianoforte.

«Guardi, questa l'abbiamo fatta un giorno che sono venuti a trovarmi nella casa in campagna. Michela voleva che lo conoscessi perché, anche se aveva una decina di anni meno di lei, ne era perdutamente innamorata, e anche lui. Negli anni ho imparato a valutare le persone, quel ragazzo ricambiava i sentimenti di mia figlia e non avrebbe mai potuto farle del male. Come lei era eccessivo, complicato, ma non ho mai creduto un solo momento che fosse colpevole. Cristiano non merita di marcire in una cella» continuò. «E io aspetto da dieci anni di capire perché mi hanno portato via Michela. Trovi chi l'ha uccisa» aggiunse prendendole le mani e stringendole fra le sue. Sembrava una Madonna dolente.

Poi l'accompagnò alla porta ed Emma si rese conto che aveva aspettato che scendesse le scale prima di chiudere la porta.

Tenendo stretto il quaderno, si diresse verso l'auto, augurandosi che le fornisse dei nuovi elementi. Guardò l'ora. L'una meno un quarto. Doveva sbrigarsi se non voleva arrivare in ritardo alla scuola di Tommy.

CAPITOLO CINQUANTASEI

MENTRE GUIDAVA SULL'AUTOSTRADA STRANAMENTE SGOMBRA, ripensava alle parole della madre di Michela: "Ho visto che uno di loro si è suicidato". Sul momento avrebbe voluto farle altre domande, c'era dell'astio nella sua voce e le sarebbe piaciuto capirne il motivo, ma poi il discorso era andato sul quaderno che ora era posato sul sedile del passeggero e il resto le era passato di mente.

Arrivò a Como, davanti alla scuola, alle due meno dieci. Accostò in doppia fila e spense il motore. Mancava ancora un po' all'uscita, perciò prese il quaderno e lo aprì. La calligrafia tondeggiante e marcata di Michela riempiva pagine su pagine, ogni tanto intervallata da disegni stilizzati. Emma non sapeva nemmeno lei cosa cercare, forse l'atmosfera, forse degli indizi sui rapporti con i ragazzi. Cominciò a leggere.

"Lo allontano e lo avvicino, ma non posso fare a meno di lui dentro e fuori dal palco perché lui è il mio centro, il mio sangue, la mia anima. Sono perdutamente innamorata. Perdutamente che significa PERDERSI! Mi sono persa in Cristiano. Mi sono persa nella sua anima che è gemella della mia. Il suo

sangue. Il mio. Mescolati, fusi in un'unica opera d'arte. In quella tela che ci rappresenta. Che ci unisce. Uruz e Algiz. La perfezione."

Emma si fermò a riflettere. Ecco la conferma di quello che aveva sempre sostenuto Cristiano Di Donato e a cui non era stato dato credito durante il processo. Il sangue dei due artisti era un esperimento creativo. Era stato usato come colore per essere espressione dell'anima.

In quel momento i bambini cominciarono a sciamare dall'edificio ed Emma scese dalla macchina per farsi vedere da Tommy. Mentre aspettava riprese la lettura.

"Ma allora perché lo devo allontanare?

Perché la sua gelosia ci infetta.

Oggi sul palco ho usato Augusto.

È emersa rabbia. Energia.

Finalmente sentivo che ci avvicinavamo a quello che sto cercando."

«Anche lei qui?» Emma alzò gli occhi dagli appunti e si trovò davanti Laura Molteni.

«Non mi dica che ha una bambina alla scuola.»

«Un bambino» rispose, pensando che la donna doveva saperlo perfettamente in quanto era presente quando avevano parlato dei mestieri dei genitori.

«E che mi dice della sua indagine? È riuscita a trovare nuovi indizi per far riaprire il processo?» domandò la Molteni con finta nonchalance.

Emma sorrise e le mostrò il quaderno.

«Per la verità sì. Questi sono gli appunti che Michela prese in quel periodo.» Notò che la Molteni aveva sobbalzato alla vista del quaderno nero. Lo aveva riconosciuto.

«È sicura che sia il suo?»

Emma annuì.

«Me lo ha dato la madre, ho iniziato a leggerlo solo

adesso, ma penso che lo porterò quanto prima alla polizia. Ci sono degli elementi che non erano emersi durante l'indagine.»

In quel momento arrivò di corsa Tommaso con lo zaino sulle spalle.

«Mamma, mamma!»

«Arrivederci, alla prossima allora e buon lavoro» la salutò la Molteni andando incontro alla figlia con una certa fretta.

«Posso andare a pranzo da Luigi? Poi facciamo i compiti insieme» riprese Tommaso.

Emma gli scompigliò i capelli e si chinò per dargli un bacio. Stava diventando un'abitudine, ma era felice che il piccolo riuscisse a socializzare.

«Bisogna vedere cosa dice la sua mamma.»

Una bella signora sui trentacinque anni le si avvicinò:

«Ciao, se per te va bene, puoi venirlo a prendere verso le sette.»

Lei la ringraziò, pensando che così sarebbe tornata in agenzia e avrebbe avuto il tempo di leggere il quaderno e foto-copiarlo prima di portarlo ad Andrea. Perché una cosa era certa: la polizia doveva acquisirlo come prova.

CAPITOLO CINQUANTASETTE

"Oggi sul palco ho visto il suo sangue. Il sangue di Cristiano. Hanno usato la scusa della perdita dei freni inibitori per aggredirlo. Come belve. Lo odiano. Avrei dovuto immaginarlo. È colpa mia. Ho liberato dei mostri?"

Emma, raggomitolata sulla poltrona dell'agenzia, si soffermò su quelle parole degli appunti di Michela Sala. Le sembrava che volessero dirle qualcosa. Indicarle la direzione da prendere per scoprire una verità che era stata nascosta per dieci anni. Da chi? Ormai era abbastanza evidente che tutti i componenti del 'cerchio magico' avevano contribuito a far sì che non venisse alla luce. Perché? si chiese l'investigatrice per l'ennesima volta. Forse proprio nelle parole di Michela c'era la risposta.

"Lo odiano."

Ripensò a quello che aveva detto la madre della performer, alla convinzione incrollabile della donna che Cristiano e Michela si amassero in modo assoluto e totalitario. Un amore che probabilmente aveva suscitato invidia e gelosia.

Riprese la lettura delle pagine del quaderno.

"Li ho incoraggiati io ad andare oltre. A seguire l'istinto senza paura perché solo così avrebbero dato il meglio di loro stessi. Avrebbero sprigionato tutta la loro energia creativa. Ma non era questo che intendevo. Questa rabbia ferina, questi istinti bestiali. Devo riprendere le redini. Non posso permettere che diventi la loro vittima. Devo fermarli prima che sia troppo tardi."

Emma avvertì un brivido correrle lungo la schiena. Quelle parole mostravano una prospettiva completamente diversa sulla morte di Michela Sala. Le rilesse di nuovo, soffermandosi su ogni sfumatura.

Proprio in quel momento lo squillo del cellulare la fece sobbalzare. 'Kate' lesse sul display. Rispose subito.

«Ciao, volevo sapere come è andato l'incontro con la madre della Sala» le disse l'amica, ed Emma percepì una nota di impazienza nella sua voce, probabilmente dovuta al fatto che la scrittrice mal sopportava un ruolo passivo, soprattutto nei momenti in cui era necessario diventare operative e l'agorafobia la costringeva invece a rimanere nella villa in attesa di notizie dall'esterno. Le riferì in modo sintetico della conversazione avuta con Giovanna Sala e del quaderno della performer che stava leggendo e che le stava facendo vedere le cose da un'angolazione diversa.

«Proprio come avevi detto tu» concluse Emma.

«La conferma che il metodo di Celia funziona» replicò Kate con un sorriso nella voce.

«Non ne avevo mai dubitato» dichiarò Emma. «Ho fotocopiato il quaderno in modo da poterlo leggere insieme con calma più tardi» aggiunse «perché prima di andare a riprendere Tommy dal suo amico voglio lasciarlo ad Andrea, potrebbe rivelarsi una prova importante.»

«È giusto» concordò Kate. «Potresti dirmi intanto che

impressione hai avuto e perché adesso vedi le cose in modo diverso?»

«Certo, sono le parole ma anche il tono... scusa, puoi aspettare un momento?»

«Cosa c'è?» chiese Kate perplessa.

«Ho sentito un rumore all'ingresso, vado a controllare. Mi sa che mi stai contagiando» aggiunse Emma con l'intenzione di sdrammatizzare.

KATE ATTESE al telefono sentendo crescere l'inquietudine. Sicuramente si trattava di un falso allarme, cercò di convincersi, magari un oggetto caduto o il nuovo vicino di cui Emma le aveva parlato che trasportava i colli del trasloco. Oppure... ma l'urlo che udì attraverso l'altoparlante del cellulare le fece gelare il sangue. Non ebbe neppure un attimo d'incertezza: era la voce di Emma.

«Emma! Emma!» gridò. «Che succede?»

Non ci fu risposta. Solo silenzio. Poi le parve di udire un rumore soffocato di passi. Qualcuno si era introdotto nell'agenzia e aveva aggredito Emma. Il rimbalzo emotivo legato a quello che le era successo quando lo stalker l'aveva assalita per alcuni istanti la paralizzò, impedendole qualsiasi movimento. Il cellulare le scivolò dalla mano e cadde a terra.

Devo fare qualcosa. Devo reagire.

Kate fece appello a tutte le sue facoltà razionali e, con un immenso sforzo, riuscì a riprendere il controllo della propria mente, lottando per recuperare anche quello sul corpo, che si rifiutava di obbedire. Alla fine, con le mani che le tremavano, si chinò per raccogliere il cellulare. La comunicazione era stata interrotta.

Mio dio, fa che non sia troppo tardi.

Compose febbrilmente un numero.

«Andrea, sono Kate» disse quando il vice questore rispose. «Ti prego, devi correre all'agenzia, è successo qualcosa a Emma.»

CAPITOLO CINQUANTOTTO

La telefonata di Kate aveva gettato Andrea in uno stato di ansia che il vice questore si sforzava in tutti i modi di tenere sotto controllo, mentre la volante fendeva il traffico a sirene spiegate diretta verso l'agenzia di Emma.

Che cosa le avevano fatto? Chi? Perché?

Domande che restavano senza risposta.

Inchiodò nella piazzetta a pochi passi dal portone e scese a precipizio dalla vettura, sbattendo lo sportello. Pochi istanti dopo saliva di corsa i gradini che conducevano alla mansarda. Una volta raggiunto il pianerottolo, si bloccò davanti alla porta con la targa dell'agenzia investigativa: era socchiusa. Anche se l'istinto lo spingeva a fare irruzione nell'appartamento senza perdere altro tempo, l'addestramento del poliziotto finì per prevalere. Andrea estrasse la Beretta e spinse piano la porta, il corpo in tensione, le peggiori paure che gli assediavano la mente e premevano per invaderla.

La vide subito, dopo aver mosso qualche passo nell'ingresso in penombra. Era a terra, accasciata su un fianco e priva di sensi.

Andrea si slanciò verso di lei, ma non perse di vista il resto dell'appartamento. Era solo e senza copertura, non poteva rischiare.

Si chinò su di lei. Controllò il battito. Era viva.

C'era sicuramente un trauma cranico, ma non era in grado di valutarne la gravità.

Compose il 112, diede le sue generalità e chiese un intervento immediato. Poi tornò a chinarsi su Emma e le spostò con dolcezza i capelli dal viso. Rimase lì, accanto a lei, tenendole la mano e cercando di allontanare il panico che gli serrava la gola al solo pensiero che potesse non farcela.

Finalmente, dopo un tempo che gli parve infinito anche se nella realtà si era trattato solo di pochi minuti, udì la sirena dell'ambulanza che si avvicinava. Solo quando i paramedici entrarono con la barella si spostò per fargli spazio. Ma non riusciva a staccare gli occhi dal volto esangue di lei e si sorprese a rivolgere al cielo una muta preghiera per la sua salvezza. Poi giurò a se stesso che chi l'aveva ridotta in quelle condizioni avrebbe pagato per ciò che aveva fatto.

Mentre i sanitari erano impegnati a mettere Emma in sicurezza sulla barella, un'ombra oscurò la luce che entrava dalla porta d'ingresso.

«Emma… Emma stai bene?» chiese una voce maschile.

Andrea puntò con decisione verso il nuovo venuto, mettendosi tra lui e i paramedici.

«Vice questore Andrea del Greco. Lei chi è?» lo apostrofò inquisitorio.

L'uomo, sulla trentina, alto, atletico, capelli ramati e occhi chiari, registrò Andrea, parve spiazzato.

«Sono il suo vicino, Davide Consoli. Ma perché la polizia? È capitato qualcosa a Emma?» domandò allarmato.

Andrea non rispose, invece:

«Dov'era lei da adesso a un'ora fa?» chiese con una durezza

ingiustificata. Non sapeva perché, ma quell'uomo gli aveva suscitato una istintiva antipatia.

Davide Consoli lo guardò confuso.

«Ero qui, nell'appartamento accanto. Ho appena traslocato e stavo...»

«Ha sentito qualcosa?» lo interruppe Andrea. «Dei rumori? Delle voci? Qualcosa di anomalo?»

«No... no... o comunque non ci ho fatto caso. Ma perché?»

In quel momento i sanitari sollevarono la barella e si diressero verso la porta. Andrea si spostò per farli passare e notò lo sguardo sgomento di Consoli.

«Emma... santo cielo! Cosa le è successo?» chiese ancora mentre i paramedici cominciavano a scendere le scale.

«Un'aggressione» rispose laconico il vice questore, poi lo piantò lì e seguì i due uomini che trasportavano via la barella dove Emma giaceva esanime, senza aver ripreso conoscenza.

CAPITOLO CINQUANTANOVE

ANDREA, DOPO AVER PARLATO CON KATE E AVERLE promesso di tenerla aggiornata, aveva seguito l'ambulanza diretta al Valduce, l'ospedale più vicino, col cuore in gola. Doveva solo sperare di non essere arrivato troppo tardi.

Parcheggiò la macchina e raggiunse correndo il Pronto Soccorso dove, mostrando il distintivo, chiese notizie di Emma Castelli.

«L'hanno portata dentro, non so dirle di più» rispose gentilmente un'infermiera. «Venga, può aspettare qui» aggiunse, facendogli strada in una saletta attigua dove c'erano varie persone in attesa.

«La prego, mi dia notizie appena si sa qualcosa» la implorò Andrea visibilmente agitato.

La giovane sorrise e lo rassicurò.

«Me ne occupo io di persona, stia tranquillo» disse, poi uscì dalla stanza per tornare al suo lavoro.

Andrea sedette su una sedia appoggiando i gomiti sulle gambe mentre si massaggiava le tempie.

Cosa era successo nell'agenzia? Avevano davvero cercato di

ucciderla? Non poteva trattarsi di un ladro. Da Emma non c'era nulla da rubare. Possibile che il responsabile fosse la stessa persona che aveva spinto Clerici nell'orrido? Qualcuno convinto che l'investigatrice rappresentasse un pericolo? Si rese conto che era difficile essere lucido. Il pensiero di lei stesa a terra priva di sensi lo ossessionava.

Ti prego, non morire, ho bisogno di te.

Cosa aveva scoperto Emma che l'aveva resa un bersaglio? Perché non gliene aveva parlato? Mille domande gli affollavano la mente. L'angoscia l'opprimeva, sentiva un peso sul petto come se un enorme masso lo stesse schiacciando.

Adesso so cosa hai provato quando ti hanno detto di Giorgio.

La porta del Pronto Soccorso si aprì e un medico con il camice bianco e il volto segnato dalla stanchezza si guardò intorno.

«Il dottor Del Greco?»

Andrea scattò in piedi.

«Sono io» disse avvicinandosi e cercando d'interpretare l'espressione del dottore.

«La paziente è stazionaria. Ha riportato un trauma cranico con relativo ematoma cerebrale. Per la posizione in cui si trova, preferiamo aspettare di vedere se si riassorbe da solo, per questo le abbiamo indotto un coma farmacologico...»

«Ma è pericoloso? Ci sono stati danni? Quanto tempo ci vorrà?» lo interruppe Andrea investendolo con tutte le domande che gli turbinavano nella mente.

«Sui tempi non posso dirle niente, non possiamo stabilirli a priori, dipende dalla paziente. Circa i danni residui dipende dall'estensione dell'ematoma, dalla sede e dalle strutture che comprime. È ancora presto per definirli.»

«E se non dovesse riassorbirsi?» Era un'eventualità che non voleva nemmeno prendere in considerazione, ma le parole erano uscite da sole.

«In quel caso opereremo.»

Andrea incassò il colpo.

«Posso vederla?»

«Certo, fra poco la porteranno in camera. Le ripeto, stia tranquillo, non è il coma quello di cui bisogna preoccuparsi in questo momento.»

Il medico si allontanò richiamato da un'altra urgenza e Andrea tornò a sedersi sulla panca. Per il momento era salva. Anche se la situazione, da quello che aveva capito, era critica. Doveva sforzarsi di pensare positivo. Emma era forte e ce l'avrebbe fatta.

L'infermiera si affacciò alla porta e lo chiamò.

«Vice questore, se vuole può vedere la signora Castelli.»

Andrea si alzò e la seguì lungo il corridoio. La ragazza gli fece strada.

«È qui, prego» disse aprendo una porta.

Andrea entrò. Nella stanza c'era solo Emma, sdraiata sul letto vicino alla finestra. I capelli biondi sciolti sulle spalle. Gli occhi chiusi. Le braccia stese lungo i fianchi. Intubata e collegata ai macchinari del monitoraggio e della ventilazione assistita.

L'infermiera si allontanò discretamente. Andrea sedette sulla sedia accanto al letto e allungò il braccio per stringerle la mano. In quel momento gli appariva fragile e indifesa.

Sei una combattente. Lotta per Tommaso. Per Kate. E per me.

Non ci puoi lasciare. Non ora.

Gli avevano insegnato a contenere l'emotività, ma sentiva il cuore schiacciato dal dolore di vederla lì, così vicina e nello stesso tempo così lontana.

Chi ti ha fatto questo? Perché?

Guardandola pensò a cosa avrebbe voluto lei e l'immagine di Tommaso e di Kate Scott si fece largo fra i suoi pensieri.

Non dovevano venire a sapere quello che era successo dai notiziari. Emma non avrebbe voluto. Le strinse la mano e sussurrò:

«Non ti preoccupare, vado io da lei e da Tommy. Tu pensa solo a riprenderti.» Poi si alzò, le rubò un bacio a fior di labbra e uscì dalla stanza.

Doveva mettere subito qualcuno di guardia alla stanza. Se avevano provato a ucciderla, potevano tentare ancora.

CAPITOLO SESSANTA

CRISTIANO LAVÒ L'INSALATA NEL LAVANDINO DELLA cella, l'asciugò, la mise in un piatto e accanto aggiunse una mozzarella. Da un armadietto prese una piccola oliera di plastica e versò l'olio sul cibo. Posò il piatto sul tavolino che condivideva con il suo compagno di cella, che in quel momento era in mensa. Lui ancora non se la sentiva di arrivare fino lì, di sedersi alle tavolate con gli altri. Era molto debole, anche se, dopo la visita di Emma Castelli, aveva a poco a poco ricominciato a mangiare, acquistando alcuni alimenti allo spaccio del carcere.

Paradossalmente proprio la notizia della morte di Benedetto e di quel biglietto ritrovato nella sua macchina aveva riacceso una speranza che ormai considerava morta e sepolta. Anche se non riusciva a spiegarsi il significato di quello che era successo. Davvero Benedetto aveva ucciso Michela? Perché? Non aveva alcun motivo di farlo, né lui né gli altri. Lei era la loro dea, la loro sacerdotessa e, in termini più prosaici, il loro lasciapassare per la celebrità. La sua morte non avrebbe fatto comodo a nessuno.

Sedette e si costrinse a mandar giù qualche boccone. La speranza di uscire e di scoprire finalmente la verità era quello che lo spingeva, che si opponeva al suo desiderio di lasciarsi andare e attendere solo il momento in cui avrebbe potuto ritrovare Michela. Sempre che esistesse un Aldilà. Intanto la sua mente continuava l'incessante lavorio che andava avanti da quando l'investigatrice era venuta a trovarlo. Doveva ammettere che, se non ci fosse stata Simona a ingaggiarla e a insistere, lui probabilmente ormai avrebbe perso anche la capacità di fare un ragionamento.

Simona. Simi. Gli mancava, anche se continuava ad avercela con lei per quello che aveva detto su Michela. Sapeva di avere sentimenti ambivalenti nei suoi confronti, ma non poteva negare il rapporto che li legava. Simona era stata il suo punto di riferimento da quando i loro genitori erano morti. Era lei che lo aveva amato e protetto, lei che si era sacrificata per lui, che non aveva mai mollato, che gli aveva voluto bene sempre e comunque, anche quando aveva tutti e tutto contro. Ma non aveva mai capito il suo rapporto con Michela. Non riusciva a comprendere che dopo le liti furiose ci sarebbe stata sempre una riappacificazione. Perché loro erano così. Due guerrieri che avevano bisogno uno dell'altra per formare un unicum, le due parti di un tutto. Inseparabili.

Anche quando Michela era stata con Augusto. È vero, il solo pensiero gli faceva ancora male. Glielo aveva sbattuto in faccia, senza pudore, senza ritegno. Provocatoria. Come se gli avesse affondato un coltello nel cuore. Poteva immaginare che, poche ore dopo, qualcuno avrebbe affondato una lama vera dentro di lei, togliendole la vita? Non avrebbe mai dimenticato la tremenda scenata che le aveva fatto. Aveva urlato fuori di sé dalla gelosia, e Michela aveva urlato più forte, affermando che era un'artista e che l'arte presupponeva la libertà. La libertà assoluta. Non era riuscito ad accettarlo e se n'era

andato pieno di rabbia. Era tornato a casa e aveva preso tutto
quello che aveva trovato, la droga che serviva a fargli dimenticare la realtà, a dargli una visione diversa delle cose, a rega-
largli un po' di pace. Se solo avesse saputo, non l'avrebbe mai
lasciata sola. Ma non serviva a niente recriminare, adesso che
lei non c'era più.

Poi, ripensandoci, aveva capito che quella cosa di Augusto
per Michela non contava niente, che l'unione perfetta erano
solo loro due e che sarebbero tornati insieme, come ogni altra
volta. Se lei non fosse stata assassinata.

Portò alla bocca un altro po' di cibo. Doveva mangiare per
sopravvivere e alimentare la speranza che Emma Castelli
potesse finalmente dirgli chi era stato e perché. Contava più
che uscire di lì.

In quel momento Gregorio, il suo compagno di cella,
rientrò e lo guardò con occhio critico.

«Dammi retta, non ti rimetterai con insalata e mozzarella.
Devi venire in mensa e fare un pasto vero.»

Cristiano alzò lo sguardo e fece un gesto vago.

«Prima o poi ci vengo, ancora non ce la faccio.»

L'altro scrollò le spalle, poi prese il telecomando e accese la
tv. La sigla del telegiornale regionale riempì la cella. Lo
speaker cominciò a leggere le notizie. Alle prime parole
Cristiano alzò di scatto la testa.

«Una violenta aggressione è stata compiuta ai danni di
un'investigatrice privata da parte di qualcuno che si era introdotto all'interno della sua agenzia a Como.»

Gregorio stava per parlare, ma lui lo fermò con un gesto
della mano.

«Emma Castelli è stata colpita alla testa con un corpo
contundente e, dopo aver perso conoscenza, è stata soccorsa
dal vice questore Andrea del Greco, intervenuto prontamente
sulla scena, che ha chiamato subito un'ambulanza. L'investiga-

trice è ricoverata all'ospedale Valduce in coma farmacologico, le sue condizioni sono molto critiche e la prognosi è riservata. Al momento si ignorano le cause dell'aggressione, la polizia indaga a trecentosessanta gradi...»

Ma ormai Cristiano non ascoltava più.

Con un gesto di sconforto respinse il piatto, che finì a terra rovesciando il contenuto sul pavimento.

«Che fai? Sei matto?» Gregorio lo fissava allibito.

Lui non rispose, si alzò e si trascinò verso il letto dove si lasciò cadere, la faccia contro il muro.

Adesso era davvero finita.

CAPITOLO SESSANTUNO

ANDREA AVEVA CHIAMATO DALL'AGENZIA, MA ERA STATO di poche parole e Kate aveva sentito l'ansia montare.

Che cosa era successo? Come stava Emma?

Erano ormai le otto e mezzo e non aveva più avuto alcuna notizia. Sebbene fosse una persona molto discreta Kate decise, per la seconda volta nella giornata, di telefonare al vice questore nella speranza che le potesse dare buone notizie.

«Andrea, sono Kate. Scusa se ti disturbo ma …»

«Scusa tu se ho tardato a richiamare, ma volevo parlarti di persona» la interruppe lui, «sono arrivato ora, se mi apri sono al cancello» concluse mentre suonava il citofono.

«Arrivo» rispose lei preparandosi al peggio. Era chiaro che se voleva parlare vis à vis c'era da preoccuparsi. Arrivò alla centralina e, dopo aver controllato che fosse lui, aprì.

Lo guardò procedere nel giardino, sembrava avesse un enorme peso sulle spalle.

«Allora?» gli chiese a bruciapelo.

«È viva» fu la risposta e Kate tirò un sospiro di sollievo.

«Ma l'hanno messa in coma farmacologico» continuò Andrea, aggiornandola con le spiegazioni del medico.

Kate chiuse gli occhi.

«È una guerriera. Ce la può fare» sussurrò fra sé.

«È diverso» la riprese Andrea «ce la *deve* fare.»

Kate lo guardò e si fece da parte. Tutti e due, nonostante il freddo e l'ora, erano rimasti fermi sulla porta. La scrittrice gli fece strada all'interno della villa.

«Grazie per essere venuto, mai come in queste occasioni l'agorafobia diventa un limite soffocante. Ho imparato a gestirla, ma in casi come questo devo ricorrere agli ansiolitici per il senso di oppressione che provo. Vorrei essere lì, in ospedale, con lei.»

Andrea d'istinto l'abbracciò e Kate, nonostante l'imbarazzo, lo lasciò fare.

«Emma questo lo sa» le disse convinto, poi si sciolse dall'abbraccio probabilmente perché aveva percepito la sua rigidità.

Kate notò le rughe che la tensione aveva scavato sul volto di quello che ormai considerava un amico.

Non deve essere facile nemmeno per lui.

Andrea si tolse la pesante giacca e la posò su una sedia. In quel momento squillò il telefono, la scrittrice si scusò e andò a rispondere.

«Buonasera, sono la mamma di Luigi, il compagno di classe di Tommy, ho sentito il notiziario, volevo dirvi che Tommy è qui da me e sapere come sta Emma» disse una donna con voce preoccupata.

Kate le spiegò la situazione e, quando l'altra si offrì di tenere con sé il bambino, invece insisté perché Tommy tornasse a casa.

«Posso mandarle qualcuno a prenderlo» propose,

pensando che preferiva essere lei a dire a Tommaso cosa era
successo a sua madre.

«Non si preoccupi, finisco di dargli la cena e lo riporto io
a casa» fu la risposta.

Kate la ringraziò, disse che l'avrebbe aspettata, poi chiuse
la comunicazione.

«Tommy si fida di me, ha solo Emma e non deve essere
facile sapere che è in ospedale in coma» disse come a volersi
scusare con Andrea.

«Forse non bisognerebbe dirglielo» provò a obiettare il
vice questore.

Ma Kate fu categorica.

«Mentirgli sarebbe una sciocchezza, la notizia è già sui tg,
se dovesse scoprirlo in quel modo sarebbe peggio. Molto
peggio.»

«Hai ragione. Non ci avevo pensato» ammise lui. «Piuttosto, mi hai detto che stavate parlando al telefono quando è
successo, di che cosa?» le chiese ancora.

Kate sospirò

«L'avevo chiamata per sapere come era andato l'incontro
con la Sala.»

«Con chi?» domandò Andrea perplesso.

«Giovanna Sala, la madre della performer. La figlia, il
giorno dell'omicidio, è andata da lei e ha dimenticato un
quaderno dove teneva tutti i resoconti sulle prove dell'happening» spiegò Kate. «Emma lo stava leggendo quando mi ha
chiamata.»

«È strano, non ho visto nessun quaderno.»

Andrea sembrava incapace di contenere il suo nervosismo.

«Dovresti controllare meglio, ne sono sicura. Mi aveva
detto anche che aveva fatto le fotocopie per noi, perché voleva
portartelo prima di andare a riprendere Tommy» insistette lei.

«Sai cosa c'era scritto?»

«No, non ha fatto in tempo a dirmelo perché ha sentito un rumore all'ingresso, mi ha lasciata in linea ed è andata a controllare. Il resto lo sai.»

«Aveva parlato con qualcuno di questo quaderno?»

Kate alzò le spalle scuotendo la testa.

«Non credo, ma non posso esserne sicura.»

Andrea rifletté, poi:

«Forse l'aggressore cercava proprio quello. Ma se lo ha preso, potrebbe non aver trovato le fotocopie. Voglio andare a controllare. Sempre che non ti serva una mano con Tommaso» aggiunse.

«Con lui posso cavarmela da sola. Ma se trovi qualcosa, ti prego di non escludermi.» Si era alzata e lo guardava seria. Si rendeva conto di non aver alcun diritto di essere aggiornata, né poteva pretendere di essere coinvolta, ma era altresì convinta che Andrea l'avrebbe accontentata.

Lui si infilò il giaccone e le fece un sorriso tirato.

«Se trovo qualcosa, lo leggeremo insieme.»

CAPITOLO SESSANTADUE

«CHE SIGNIFICA CHE L'HANNO MESSA IN COMA farmacologico?» Tommaso la guardava serio, sforzandosi di capire qualcosa che era troppo grande per lui.

Quando era rientrato, Kate lo aveva affrontato subito, spiegandogli che la madre era stata aggredita da qualcuno mentre era in agenzia, era stata colpita alla testa ed era stata ricoverata in ospedale, dove l'avrebbero curata.

«È una sorta di sonno artificiale per far sì che il suo fisico si riprenda più facilmente» semplificò.

«Allora non muore» era un'affermazione più che una domanda.

Kate sospirò.

«Tua madre è una tosta e sa benissimo che non può farci uno scherzo del genere» rispose con sincerità. Edulcorare la realtà per lei era uno sbaglio e voleva che Tommaso fosse pronto anche al peggio, se mai fosse accaduto.

La verità ci aiuta a essere coraggiosi, non bisogna averne paura.

«Posso vederla?»

Kate annuì.

«Domani quando viene Maria le chiedo di portarti al Valduce. Anche se ti sembra che dorma, lei saprà che tu ci sei e ne sarà felice.»

«Tu non vieni, vero?»

«No Tommaso, e sai il perché. Vorrei tanto essere lì con voi, ma proprio non ce la faccio, mi dispiace.»

Il bambino annuì a sua volta.

«È una brutta malattia quella che hai, se ti tiene lontano dalle persone a cui vuoi bene» commentò, poi aggiunse: «Dobbiamo dirlo alla nonna.»

«Purtroppo non è possibile, non possiamo raggiungerla dove si trova» rispose Kate. Lucrezia infatti aveva deciso di recarsi per un periodo in un ashram in Nepal per "disintossicarsi l'anima", come aveva detto a Emma, ed era irreperibile.

Tommaso ci pensò su, poi:

«Forse è meglio così, almeno non si preoccupa.»

Kate fu come sempre colpita dal modo di ragionare di quel piccolo uomo.

«Posso bere un bicchiere di latte?» chiese il bambino.

«Ma certo, se hai fame…»

«No, voglio solo quello e poi vado a dormire» la interruppe lui dirigendosi verso la cucina.

Kate pensò che, come al solito, Tommy si stava comportato da adulto. Aveva contenuto le sue emozioni e sembrava avere la situazione sotto controllo.

Diventerai un grande uomo, pensò seguendolo in corridoio.

Entrati in cucina, lasciò che aprisse il frigorifero per prendere il latte e cercasse la tazza per versarlo. Era un modo per farlo sentire grande ed era certa che lui l'apprezzasse.

Dal canto suo, scaldò un po' d' acqua e prese dalla credenza la teiera che le aveva regalato Emma. Quella sera aveva bisogno di sentire la sua presenza nella grande cucina. Versò l'acqua nel recipiente e aggiunse una piccola sfera di tè bianco. Davanti ai loro occhi, come per magia, si aprì a poco a poco un fiore rosso porpora che andò a depositarsi sul fondo della teiera.

«Che bello» disse Tommy guardandolo stupito.

Kate sorrise.

«Sono d'accordo. È un regalo della tua mamma.»

Rimasero in silenzio a guardare il fiore sbocciare, poi Tommy mise la sua tazza nel lavandino e, dopo averle dato la buonanotte, andò a chiudersi nella sua stanza.

Kate lo seguì al piano di sopra per essere certa che non avesse bisogno di nulla, poi prese un libro e andò a letto. Di solito a quell'ora scriveva, ma adesso il pensiero andava a Emma sola in ospedale: sarebbe stato impossibile concentrarsi su qualsiasi altra cosa.

Chissà se Andrea ha trovato il quaderno o le fotocopie.

Non era il caso di telefonare di nuovo. Se il vice questore avesse fatto qualche scoperta era certa che l'avrebbe avvisata. Prese il libro e cominciò a leggere, ben decisa a concentrarsi.

Ma dopo un po' ebbe la sensazione di non essere più sola.

Alzò la testa di scatto e si trovò di fronte Tommaso. Pigiamino con la stampa di Topolino, capelli arruffati, piedi nudi: sembrava ancora più piccolo.

«Che c'è Tommy?»

«Posso stare con te?» lo aveva chiesto con un filo di voce, gli occhi bassi.

«Vieni qui» rispose Kate battendo la mano sul letto accanto a sé.

Il piccolo corse a rannicchiarsi vicino a lei, scoppiando in un pianto angosciato.

«Non voglio che la mia mamma muoia» le parole gli sfuggivano fra un singhiozzo e l'altro.

Kate lo abbracciò stretto, maldestra, non sapeva come toccarlo, come raggiungerlo, ma sapeva che in quel momento Tommaso aveva bisogno di lei.

E lei c'era.

CAPITOLO SESSANTATRÉ

DA QUANDO AVEVA SENTITO IL NOTIZIARIO, SIMONA non riusciva a pensare ad altro. Emma Castelli era in coma all'ospedale ed era colpa sua. Non poteva essere un caso. Cercare di riaprire le indagini sull'omicidio di Michela Sala aveva portato a quello e lei si sentiva sulle spalle tutta la responsabilità di ciò che era successo.

Se non avessi insistito perché accettasse ora starebbe bene.

Emma ha un figlio che ha già perso il padre.

Aveva cercato di ignorare quelle voci che non le davano tregua, ma non ci riusciva.

È il suo lavoro. Conosce i rischi a cui va incontro.

Così si ripeteva.

Ma sapeva che chi aveva incastrato Cristiano non si faceva scrupoli di sacrificare la vita degli altri pur di seppellire la verità. Era stato così per Benedetto. E ora Emma combatteva fra la vita e la morte.

Andò nel salottino e accese il televisore alla ricerca di qualche notiziario locale. Ma non lo trovò. Trasmissioni spazzatura, qualche inchiesta, vecchi film e poco altro. Nessun notiziario. L'ansia la divorava. Non ce la faceva più a stare chiusa in casa.

Doveva uscire. Prendere aria. Respirare.

In ingresso afferrò il piumone, lo indossò e, controllato di avere in tasca le chiavi di casa e dell'auto, si chiuse la porta alle spalle.

Simona non si faceva illusioni. Con Emma fuori gioco, le chances di riaprire il processo di suo fratello erano nulle. Tutti gli sforzi fatti fino a quel momento erano stati vanificati. Non riusciva a pensare a cosa sarebbe successo. Cristiano non voleva più vederla, l'avrebbe ritenuta colpevole anche di quello che era accaduto all'investigatrice e tutto questo per che cosa? Per niente.

Deglutì.

Chiunque fosse stato, aveva fatto la sua mossa: scacco matto. Erano con le spalle al muro e avevano perso. Tutto.

CAPITOLO SESSANTAQUATTRO

MENTRE KATE ATTENDEVA LA TELEFONATA DI ANDREA, giunse quella di Bruno Basile, che lei aveva cercato inutilmente di contattare e che aveva appreso la notizia dal tg. L'ex poliziotto e mentore di Emma non fece nulla per nascondere la sua preoccupazione.

«Cosa dicono i medici? Quanto è grave?»

Tommy si era appena addormentato. Kate chiese a Basile di aspettare un momento, si alzò facendo attenzione a non svegliare il bambino e, dopo averlo coperto, gli fece una lieve carezza e lasciò la stanza.

«Purtroppo non so darti una risposta, Bruno» gli disse. «Hanno indotto il coma farmacologico nella speranza che l'ematoma possa riassorbirsi, altrimenti dovranno operarla.»

Dall'altra parte ci furono alcuni istanti di silenzio.

«Posso fare qualcosa?» domandò poi lui e Kate pensò che si sforzava di essere operativo per non soccombere all'angoscia. Quello che avrebbe voluto fare anche lei. Purtroppo non era possibile.

«Mi dispiace, l'unica cosa che possiamo fare è aspettare.»
Di nuovo silenzio. Poi:
«Per favore, avvisami appena hai notizie. Domani mattina andrò comunque in ospedale» concluse prima di salutarla.

Kate interruppe la comunicazione lottando contro la sensazione d'impotenza che ormai le era diventata familiare. Come aveva detto a Bruno, anche lei poteva solo aspettare. Si augurò che Andrea si facesse vivo presto. Almeno quella speranza fu esaudita. Pochi minuti dopo giunse la chiamata del vice questore.

«Novità?» chiese subito Kate.

«Ho trovato le fotocopie» disse lui. «Ma nessuna traccia dell'originale.»

«Deve averlo portato via chi l'ha colpita» affermò la scrittrice. «Meno male che Emma aveva pensato di fare una copia.»

«È troppo tardi per venire da te?» le domandò.

«Ti aspetto» fu la risposta di Kate.

Quando, una mezz'ora più tardi, suonò al videocitofono di Villa Mimosa, Andrea si mise davanti alla telecamera in modo che Kate potesse riconoscerlo senza problemi. La scrittrice apprezzò quella piccola attenzione e ricordò la prima volta che il vice questore Del Greco si era presentato da lei, dopo il ritrovamento della macchina abbandonata di suo marito. La catena di eventi che si era innescata aveva lasciato un segno doloroso, ma non le aveva impedito di apprezzare le capacità, la correttezza e l'umanità del poliziotto. Era stato il primo passo, complice anche Emma, dell'inizio di un'amicizia.

«Grazie per essere tornato» gli disse quando Andrea la raggiunse sul portone d'ingresso.

Lui le rivolse uno sguardo intenso.

«Te lo avevo promesso. Sarà il nostro modo di starle vicino, sono sicuro che una parte di lei lo sentirà.»

Kate si rese conto che il primo che cercava di convincere era lui stesso e si chiese se quella partecipazione emotiva non celasse qualcosa di più che la preoccupazione per un'amica e una ex collega. Questo forse spiegava anche il recente comportamento di Emma quando si parlava di Andrea. Cosa era successo tra loro? Kate era troppo riservata e rispettosa della privacy altrui per chiedere. Si augurò solo con tutto il cuore che Emma guarisse e che potessero ritrovarsi. Tutti e tre.

«Allora cominciamo» disse brusca per mascherare le sue emozioni. E lo precedette nel salone.

Una volta seduto, Del Greco tirò fuori dalla tasca del giaccone un fascio di fotocopie. Insieme cominciarono la lettura. Poco dopo il vice questore indicò a Kate una frase:

"Le rune, linguaggio misterico, sussurro del mistero, sono il simbolo, il tramite, il ponte con la nostra parte istintiva e irrazionale."

«Cosa c'entrano le rune?» chiese perplesso.

«Michela Sala era rimasta affascinata dal loro significato simbolico e aveva scelto una runa per ogni ragazzo del gruppo, a seconda della sua personalità. Era un modo per farli sentire speciali, una cerchia di eletti.»

Andrea annuì.

«Ho capito. Possiamo andare avanti.»

Ripresero la lettura e questa volta toccò a Kate soffermarsi su alcune righe.

«Guarda qui» disse. Poi lesse a voce alta:

«Mi sono persa in Cristiano. Mi sono persa nella sua anima che è gemella della mia. Il suo sangue. Il mio. Mescolati, fusi in un'unica opera d'arte. In quella tela che ci rappresenta. Che ci unisce. Uruz e Algiz. La perfezione."»

«Significa che dipingevano con il sangue?» Andrea era incredulo.

Kate annuì.

«È stata una delle prove che l'accusa ha portato contro Di Donato. Nell'atelier della Sala, poco distante dal corpo, venne ritrovato un quadro con delle tracce di sangue e l'analisi del DNA dimostrò che apparteneva a tutti e due. Lui disse che avevano mescolato i loro umori, ma nessuno gli credette. Fu invece ritenuto un indizio che l'aveva uccisa e poi aveva imbrattato la tela con il suo sangue.»

«E il fatto che ci fosse anche quello di Di Donato?» chiese Andrea. «Nessuno lo prese in considerazione?»

«L'hanno interpretata come una forma di perversione dovuta al suo stato alterato dalle droghe. Se leggi con attenzione gli atti del processo, ti rendi conto che molte, troppe cose sono state travisate o tralasciate. Serviva un colpevole e Di Donato era il capro espiatorio perfetto.»

Il vice questore sospirò.

«Purtroppo a volte succede» commentò. «La giustizia è amministrata dagli uomini, e gli uomini sbagliano.»

«Oppure la piegano ai loro scopi» ribatté Kate caustica.

Andrea non replicò e riprese la lettura degli appunti, mentre lei mentalmente si rimproverava per essere stata quasi aggressiva. Non solo non era stato lui a condurre le indagini sull'omicidio di Michela Sala, ma stava condividendo con lei una prova importante, e non era tenuto a farlo.

«Scusa» gli disse «tu non c'entri. Ma non posso non pensare che, se ci fosse stato un processo equo, ora Emma non starebbe in quel letto di ospedale.»

Sul volto di Andrea vide comparire un'espressione tormentata.

«Credi che io non lo pensi?» disse con una voce dove vibrava una sofferenza trattenuta. «Non riesco nemmeno a descrivere cosa ho provato quando l'ho vista a terra, svenuta, e ho avuto paura che...» si interruppe bruscamente.

Kate gli posò una mano sul braccio.

«Lo so» disse «stiamo tutti e due in pena per lei. Ma, come hai detto tu, per aiutarla possiamo solo scoprire chi è il responsabile.»

CAPITOLO SESSANTACINQUE

Arrivò all'ultima pagina del quaderno e lo richiuse. Rimase immobile, lo sguardo fisso davanti a sé e le mani incrociate, riflettendo. Doveva decidere come procedere. E doveva essere una decisione ragionata ma rapida. Aveva il tempo contro e non poteva fare pronostici.

Grazie all'abitudine maniacale di Michela di prendere appunti su tutto, il quaderno conteneva una miniera di informazioni. Informazioni che mettevano a nudo la verità, se solo fossero state interpretate da un occhio attento. Come quello di Emma Castelli.

Si chiese fino a che punto l'investigatrice avesse letto e se fosse già arrivata a comprendere cosa era successo. Non poteva saperlo. Per fortuna il quaderno adesso era nelle sue mani, ma se lei si fosse ripresa, anche se non aveva visto chi l'aveva colpita, poteva sempre condividere le sue deduzioni con la polizia e questo rappresentava comunque un potenziale pericolo.

Non poteva affidarsi alla probabilità che ne avesse letto

solo una parte o che avesse un'amnesia dovuta al colpo in testa.

Era un rischio che non poteva permettersi.

Non aveva alternative, c'era una sola cosa da fare.

Il piano era semplice, ma per metterlo in atto aveva bisogno di un diversivo. Qualcosa che tenesse impegnati sanitari e forze dell'ordine.

In modo da avere campo libero.

CAPITOLO SESSANTASEI

"*LA SUA BELLEZZA RISPLENDE, EMOZIONA. L'HO AVVICINATA.*
Le ho parlato e Laura si è lasciata condurre nel mio mondo...
Nelle rune Thurisaz è incantesimo, magia, ammaliamento.
Cercavo Thurisaz e l'ho trovata.
    E io la voglio."
    "*Cercavo Nauthiz, la runa della prova estrema...L'ho*
trovato... Benedetto è fuoco che macera dal di dentro, è noia del
vivere perché ha avuto tutto ed è consapevolezza perché sa impa-
rare dai suoi errori e da quelli di chi gli sta vicino.
    L'ho scelto e lui ha scelto me."
    "*Augusto è voce, comunicazione.*
    È Ansuz, la razionalità. La ricerca che non si arresta.
    Ti ubriaca con le parole. Verità. Bugia. Tutto in lui è fasci-
nazione."
    "*Cristiano. Nel nome la contraddizione... Condividiamo*
tante cose, condividiamo l'essenza dell'arte.
    Lui è la versione maschile di me.
    Uruz e Algiz.
    Il toro e il cervo.

La forza creativa e la rinascita, la fecondità, l'inizio di ogni cosa.

Inscindibili."

"Mi è bastata un'occhiata ai suoi quadri per volerlo.

Cupi.

Visionari.

Intuitivi.

Lui è Laguz. La runa che evoca gli spiriti. Il mare immenso sotto il quale si cela il mondo dei morti…

Claudio non deve passare selezioni. Non ne ha bisogno. È già dentro."

"Gebo è il regalo degli dei. Il dono del talento.

È la qualità che ci accomuna alla divinità.

Gebo è maschile e femminile, è unità degli opposti.

È fare e volere.

È sacrificio che porta miglioramento.

È la runa di collegamento che allaccia tra loro le altre rune.

E nell'unione ci dona la sua luce e la sua energia."

Kate e Andrea erano concentrati su quella parte degli appunti di Michela Sala che la scrittrice aveva sottolineato. L'attribuzione di una runa a ognuno dei ragazzi, come le aveva detto Emma dopo il suo primo incontro con Simona Di Donato. Kate teneva in mano un foglio con una stampata da un sito internet dove erano riportati i simboli delle rune e, man mano che procedevano con la lettura, li illustrava ad Andrea.

«A chi si riferisce l'ultima?» chiese lui, indicando il testo.

«Gebo» lesse Kate a voce alta. «La runa di collegamento. Probabilmente è quella che simboleggia tutto il gruppo. Eccola» e gli indicò il carattere sul foglio: due stanghette diagonali incrociate a formare una X.

«Tu credi davvero che questo c'entri con l'omicidio della Sala?»

Kate percepì lo scetticismo nella voce del vice questore.

«Sì, sono convinta che le rune siano il filo conduttore di tutto» rispose decisa. E anche Emma lo è» aggiunse. «So che può sembrare inverosimile, una sorta di paccottiglia esoterica da quattro soldi, ma per capire l'atmosfera, il contesto del delitto, devi entrarci dentro. I ragazzi erano spesso drogati, esaltati e influenzati dal carisma della Sala, e secondo la testimonianza della sorella di Di Donato le prove della performance a volte diventavano una sorta di baccanale, dove tutti erano liberi di esprimersi senza più freni inibitori.»

Andrea rimase in silenzio, riflettendo.

«Abbiamo sempre pensato che il delitto avesse una qualche forma di ritualità, altrimenti perché quarantasei tagli superficiali e solo uno mortale?» riprese Kate.

Alla fine lui annuì.

«È sensato» disse. «Proseguiamo?»

Ma lei sembrò non sentirlo.

«I tagli» disse.

«Che intendi?» domandò Andrea.

«Aspetta un attimo» replicò Kate alzandosi.

Corse al piano di sopra in camera di Emma. Aprì il faldone con gli atti del processo e cercò tra le foto quelle che ritraevano le ferite sul corpo della Sala. Le prese, tornò da Andrea e le mise sul tavolo davanti a lui. In una, ingrandita, era ben visibile una X.

«Gebo» disse Kate.

«Che significa?» chiese Andrea perplesso.

«Un rito» mormorò la scrittrice. «I pannelli celebrano un rito.»

Andrea era confuso.

«Mi vuoi spiegare?»

«Prima c'è qualcosa che devi vedere» rispose lei uscendo di nuovo dalla stanza.

Poco dopo tornò con il portatile. Lo posò sul tavolo, lo accese e cercò la mail di Ivo. Cliccò sul link.

«È l'intervista che la Sala ha rilasciato a Ivo Farnesi, un mio amico critico d'arte, il giorno prima di venire uccisa» spiegò. Fece partire il video e lo mise in pausa sull'immagine dei pannelli dove erano riprodotti gli episodi del mito di Odino.

Sui primi due spiccavano le sei rune: dorata, arancio, verde, nera, azzurra e bianca. E la X. Il terzo mostrava una sagoma umana dipinta solo in parte, con un braccio sollevato, su uno sfondo, anch'esso parziale, a tinte violente.

«Cristiano Di Donato ha detto a Emma che ognuno dei ragazzi firmava con la sua runa, usando un colore ottenuto da un particolare composto» spiegò Kate.

Andrea osservò l'immagine con attenzione.

«Sul terzo non ci sono le firme» osservò.

«Perché non era stato ancora finito» disse Kate. Si concentrò sul pannello incompleto.

«*Wait…wait a minute…*» mormorò in inglese.

Cercò di liberare la mente da tutto quello che non riguardasse l'immagine su cui era tornata a concentrarsi. Sapeva che c'era qualcosa che doveva emergere, lo percepiva a metà tra la coscienza e il subconscio e non voleva, non poteva perderlo.

«L'articolo su Centi» esclamò alla fine.

Tra i 'preferiti' ritrovò il link della rivista online. Cliccò e fece scorrere velocemente le foto.

Si arrestò su una dove erano in evidenza le tele disposte lungo le pareti dello studio di Centi e la ingrandì. Poi la accostò a quella del pannello da completare.

«Guarda» disse ad Andrea che era rimasto ad osservarla in silenzio.

Il vice questore studiò le due immagini.

Tra le tele del performer, una spiccava per i colori violenti e la figura stilizzata di un personaggio col braccio alzato che brandiva una lancia, circondato da una corona di rune di un rosso intenso.

«Sembra lo stesso pannello» disse Andrea perplesso. «Solo che qui il dipinto è stato completato.»

«Esatto» disse Kate. «Il giorno prima della morte di Michela il pannello era ancora incompleto. Potrebbe averlo finito Centi, è vero, ma allora perché ci sono le rune con cui si firmavano gli altri?» gliele indicò: «Thurisaz, Laura Molteni, Nauthiz, Benedetto Clerici, Ansuz, Augusto Centi, Laguz, Claudio Pellizzari e Algiz, Michela Sala. E la X, Gebo. La runa di collegamento.»

«Ne manca una» notò Andrea.

«Quella di Cristiano Di Donato, Uruz» disse Kate. Riprese a sfogliare gli appunti di Michela Poi: «Andrea, leggi qui.»

"Li ho incoraggiati io ad andare oltre. A seguire l'istinto senza paura perché solo così avrebbero dato il meglio di loro stessi. Avrebbero sprigionato tutta la loro energia creativa. Ma non era questo che intendevo. Questa rabbia ferina, questi istinti bestiali. Devo riprendere le redini. Non posso permettere che Cristiano diventi la loro vittima. Devo fermarli prima che sia troppo tardi."

«È stato un rito collettivo» disse Kate. «Officiato dal gruppo. Hanno messo la firma anche sul corpo della Sala. La X, il simbolo di Gebo. Solo che nessuno ha pensato di interpretarla.»

«Maledizione!» esclamò Andrea. «L'hanno uccisa tutti e quattro insieme. Lei voleva fermarli e loro l'hanno uccisa.»

«Hanno finito il pannello e l'hanno firmato con il suo sangue. E Centi non ha resistito e ha voluto conservarlo come un trofeo» concluse Kate.

Andrea scattò in piedi.

«Emma» disse angosciato. «Emma è in pericolo. Chi ha rubato il quaderno pensa che lei lo abbia letto.»

«Ma non è al corrente delle fotocopie» mormorò Kate.

«Crede che sia l'unica a saperlo. L'unica che potrebbe denunciarli.»

Andrea afferrò il cellulare e compose freneticamente il numero dell'agente di guardia alla stanza di Emma. Ma non riusciva a prendere la linea. Allora provò a chiamare l'ospedale, che risultava sempre occupato. C'era qualcosa che non andava.

«Tu insisti con il reparto di terapia intensiva» disse a Kate che lo fissava angosciata. «Io vado. Ti avviso appena possibile.»

Poi si precipitò verso l'ingresso.

Un attimo dopo si chiudeva il portone alle spalle.

Kate rimase sola, in compagnia della sua paura e dei suoi fantasmi.

CAPITOLO SESSANTASETTE

La perquisizione di Villa Clerici durava ormai da ore, ma senza alcun risultato. Corrias si girò verso Marra e tirò un sospiro rassegnato.

«Davide, con questa chiudiamo» disse entrando in una stanza al primo piano. «Se non troviamo niente neppure qui ce ne torniamo a casa. Mia moglie mi ha preparato la parmigiana di melanzane, è speciale, me la sogno da giorni. Se vuoi venire, dimmelo e le faccio un colpo di telefono.»

Marra rise, passandosi la mano tra i ricci spettinati.

«Lamberto, invece di pensare alla parmigiana vediamo di trovare qualcosa. Tu occupati della libreria io guardo questo» disse cominciando ad aprire i tiretti di un secretaire posto vicino alla finestra e a verificarne con cura il contenuto. Non sapevano cosa dovevano cercare, ma se chi aveva ucciso Clerici non lo aveva trovato, significava che era stato ben nascosto.

«Qui non c'è niente. Stiamo perdendo tempo» bofonchiò Corrias, tastandosi la schiena con la mano. Cominciava ad accusare la stanchezza di quella giornata e non vedeva l'ora di staccare.

Marra, dal canto suo, non demordeva. Il secretaire gli sembrava piuttosto antico e, come gli aveva raccontato la sua ultima conquista, una sventola che frequentava l'Accademia di Belle Arti di Brera, di solito quel tipo di mobili aveva dei cassetti segreti. Il giovane agente cominciò a far scorrere le dita sui lati interni del mobile, alla ricerca di un meccanismo nascosto, quando improvvisamente sentì uno scatto. Sul fondo del secretaire un intarsio di radica si era leggermente spostato in avanti. Davide, con estrema attenzione, inserì le dita nella fenditura e si rese conto che c'era uno spazio cavo.

«Guarda Lamberto!» esclamò euforico.

Il collega lo raggiunse subito e lo osservò mentre tastava con cautela nella cavità celata dietro l'intarsio.

«C'è qualcosa?» chiese, dimentico della parmigiana.

Il poliziotto più giovane annuì.

«Sì, un foglio di carta, abbastanza spesso. Vediamo...» e cominciò ad estrarlo.

«Fai attenzione» lo ammonì Corrias «potrebbe essere una prova.»

«Tranquillo» ribatté Marra. «Mi chiamano mani di velluto» aggiunse facendogli l'occhiolino.

Marra sbuffò.

«Se non fai il buffone non sei contento» commentò.

«Intanto questo buffone ha trovato qualcosa» ribatté Marra con una smorfia. «Et voilà!» esclamò soddisfatto mentre estraeva un foglio di carta un po' ingiallito.

«Cos'è?» domandò Corrias.

Esaminarono insieme il foglio, che aveva lo spessore di un cartoncino da disegno e su cui erano vergate alcune righe.

Dopo averle lette i due poliziotti si guardarono increduli.

«Che significa?» chiese Corrias confuso.

«Un'altra confessione» disse Marra. Alzò lo sguardo verso il collega. «Dobbiamo avvisare subito Del Greco.»

CAPITOLO SESSANTOTTO

Sapeva che con molta probabilità anche all'ospedale non le avrebbero dato notizie sulla salute della Castelli, ma dopo aver girovagato in macchina senza meta per la città, cercando inutilmente di placare l'ansia e la preoccupazione che l'attanagliavano, Simona si trovò quasi senza rendersene conto su via Dante Alighieri, dove si trovava l'ospedale Valduce. Quando però giunse in vista dei due monoblocchi del grande nosocomio, uniti da un tunnel esterno alla struttura storica, dovette arrestarsi e scendere dalla macchina, perché l'intera zona tra via Dante e via Santo Garovaglio, che racchiudeva il perimetro dell'ospedale, era bloccata dalle transenne e circondata da auto e blindati della polizia.

Fu colta da un panico incontrollato, che cercò di arginare facendo appello alle sue risorse razionali. Se fosse capitato qualcosa a Emma Castelli, non avrebbe comunque giustificato una mobilitazione del genere. In quel momento vide arrivare a sirene spiegate un furgone con la scritta "ARTIFICIERI" sulla fiancata posteriore. I poliziotti si precipitarono a spostare le transenne per farlo entrare nella zona evacuata dai colleghi.

Simona si avvicinò.

«Mi scusi, cosa è successo?»

«Una telefonata anonima ha avvertito che c'era una bomba nella zona degli ambulatori. Non si può avvicinare» le spiegò il poliziotto.

Anche se si rendeva conto che questo le impediva di chiedere notizie di Emma, Simona - malgrado tutto - si sentì sollevata che tutto quello spiegamento di forze non riguardasse l'investigatrice. In quel momento, ad aumentare la confusione, arrivarono un paio di pulmini con sulla fiancata i nomi di due tv locali, da cui scesero gli inviati dei notiziari, e alcuni fotografi a piedi. Tutti cominciarono a tempestare di domande i poliziotti presenti, puntando microfoni e macchine fotografiche.

«Signora, per favore, stia indietro, si allontani» disse a Simona uno degli agenti che tenevano a bada i curiosi. «Potrebbe essere pericoloso.»

Simona annuì e cominciò a indietreggiare. Non aveva senso restare lì, doveva riprendere la macchina e tornare a casa.

E sperare che Emma Castelli ce la facesse.

CAPITOLO SESSANTANOVE

CON L'ACCELERATORE A TAVOLETTA, ANDREA CORREVA sulla statale Regina maledicendosi per non aver preso la macchina di servizio e per non poter comunicare con i suoi via radio. Il poliziotto di guardia alla stanza di Emma continuava a non rispondere al cellulare e le linee sembravano intasate. Era chiaro che stava succedendo qualcosa di anomalo. La telefonata di Marra aveva confermato i suoi sospetti e, nonostante avesse detto agli agenti di convergere sull'ospedale, temeva di arrivare troppo tardi. Como distava venti chilometri, in venti minuti sarebbe arrivato a destinazione, ma in quel momento gli sembravano un tempo infinito.

AVEVA AVUTO accesso senza problemi all'ospedale subito dopo aver fatto la chiamata utilizzando un telefono usa e getta, ormai facilissimo da reperire. Per mimetizzarsi aveva indossato un camice e una mascherina, ma forse non sarebbe stato neppure necessario, visto il caos che si era scatenato a seguito di quella telefonata anonima che segnalava la presenza di una bomba.

Sentiva le sirene delle macchine della polizia che stavano circondando gli edifici del grande nosocomio e osservava con soddisfazione il via vai frenetico del personale sanitario e dei pazienti che venivano fatti allontanare dalla zona degli ambulatori dove tra poco, immaginava, sarebbero arrivati gli artificieri per fare tutte le verifiche necessarie. Naturalmente non avrebbero trovato niente, ma così avrebbe avuto il tempo necessario per portare a termine il suo piano.

Un piano che non era particolarmente originale, qualcuno avrebbe detto che era un classico dei medical thriller, ma che avrebbe definitivamente tolto di mezzo una testimone molto scomoda. Non avrebbe mai pensato di dover arrivare a tanto, ma questo non sarebbe successo se Emma Castelli si fosse fermata prima. Avrebbe dovuto prendere per buono il suicidio di Benedetto, che comunque avrebbe garantito a Cristiano un nuovo processo e la libertà. Perché si era ostinata a continuare a scavare? Quella soluzione sarebbe andata bene per tutti e ognuno avrebbe potuto continuare tranquillo la propria vita. Invece no. La Castelli aveva scelto di mettersi di traverso, e a questo punto non aveva altra scelta. Se si fosse ripresa poteva distruggere la sua vita e non aveva nessuna intenzione di permetterglielo.

Sapeva dai giornali che era ricoverata nel reparto di Terapia Intensiva del Valduce, perché i medici la tenevano in coma farmacologico con la speranza che l'ematoma si riassorbisse. Aveva studiato una mappa dell'ospedale e aveva memorizzato come raggiungere il reparto, situato nel blocco B al primo piano, dopo la U.O.C. di Neurologia e quella di Gastroenterologia. Contava sulla confusione che regnava un po' ovunque per trovare la sua stanza senza intoppi. Ma se qualcuno avesse fatto domande, aveva comunque una scusa pronta. Poi avrebbe usato il più collaudato dei metodi per risolvere il problema. Senza sporcarsi le mani.

Quando arrivò nel corridoio della Terapia Intensiva vide un agente di guardia davanti a una delle stanze. Era chiaro che si trattava di quella dove era ricoverata Emma Castelli. Non aveva molto tempo, doveva trovare un modo per farlo allontanare.

ANDREA INCHIODÒ DAVANTI all'ospedale Valduce dal lato di via Santo Garovaglio, dove si trovava il Pronto Soccorso, e scese a precipizio dalla macchina. Aveva deciso di passare da quella parte per accedere direttamente ai reparti di degenza, invece di fare tutto il giro dall'ingresso principale di via Dante Alighieri, dove si trovava l'accesso al pubblico, perché in quel caso avrebbe dovuto attraversare non solo l'edificio storico con gli uffici amministrativi ma il lungo tunnel esterno che collegava la vecchia struttura ai due monoblocchi costruiti successivamente, dove si trovavano i reparti di degenza e gli ambulatori.

Mentre entrava a Como era finalmente riuscito a mettersi in contatto con Bianchi, che gli aveva detto del presunto attentato all'ospedale, e ora era divorato dall'ansia. La storia della bomba era un depistaggio, ne era convinto. La persona che aveva colpito Emma aveva utilizzato un espediente banale ma sempre efficace per creare una situazione di caos e poter agire indisturbata. Pregava solo di arrivare in tempo. Tirò fuori il tesserino e fece valere la sua autorità per superare il blocco degli agenti che avrebbero voluto impedirgli di entrare. Corse all'interno dell'ospedale, ignorando la confusione che regnava ovunque e pensando solo che doveva arrivare da lei il prima possibile.

Imboccò le scale che dal Pronto Soccorso conducevano al

blocco B e, dopo averle fatte a due a due per raggiungere il primo piano, si rese conto di avere il fiato corto. Ma continuò a correre lungo corridoi che gli parvero interminabili, urtando gruppi di medici e infermieri che discutevano animatamente, ignorando il frastuono dei campanelli dei degenti che suonavano all'impazzata, evitando carrelli portavivande abbandonati dove capitava.

Finalmente, superati i reparti di Neurologia e Gastroenterologia, raggiunse la Terapia Intensiva. Solo allora rallentò, fece alcuni profondi respiri e posò la mano sul calcio della Beretta. Mostrò il tesserino a un'infermiera che aveva fatto il gesto di fermarlo e con la mano le fece cenno di tacere. Poi si diresse con cautela verso la stanza dove si trovava Emma. Era arrivato in tempo? Ancora una volta si impose di mettere a tacere la sua parte emotiva. In quel modo non le sarebbe stato d'aiuto.

Davanti alla stanza l'agente non c'era e la porta era accostata. Il vice questore si chiese dove fosse. Si era raccomandato di non allontanarsi per nessun motivo, la sua assenza doveva dipendere dal caos provocato dalla telefonata anonima. Questo significava che i suoi sospetti erano fondati. In preda a una tensione quasi incontenibile, Andrea si mise da un lato e guardò all'interno, cercando di abituare la vista alla penombra. Si sentiva solo il ronzio dei macchinari per la ventilazione assistita, monitorata costantemente sullo schermo accanto al letto. Emma gli parve sempre più pallida dietro la maschera per l'ossigeno. La flebo collegata alla sacca per l'alimentazione sporgeva dal braccio smagrito. Provò un moto irrefrenabile di tenerezza.

Ma un movimento che colse alla periferia dello sguardo lo distolse da lei. Il vice questore si immobilizzò e tirò fuori la Beretta. Allora vide l'ombra che si era mimetizzata con la parte più buia della stanza. L'ombra di qualcuno che aveva in mano una siringa. Gocce di sudore freddo gli imperlarono la fronte ma poi dentro di lui calò una calma glaciale, unita a una assoluta determinazione. Rimase immobile. In attesa.

Una figura uscì allo scoperto. Indossava un camice e una mascherina, il più scontato dei travestimenti. Si avvicinò al letto, si chinò su Emma e controllò l'attacco dell'agocannula della flebo.

Adesso.

Andrea piombò addosso alla persona di cui non distingueva bene i tratti e con un braccio gli circondò il collo mentre gli puntava la pistola tra le scapole.

«Non ti muovere. Polizia» disse cercando di controllare la rabbia che gli montava dentro.

La siringa cadde a terra con un piccolo tonfo seguito da un grido soffocato.

Andrea, sempre tenendo l'individuo - adesso era chiaro che si trattava di un uomo - sotto tiro, gli lasciò il collo e lo ammanettò. Poi lo trascinò nel corridoio. Mentre lo strattonava, la manica del camice che il finto infermiere indossava si sollevò mostrando un segno sull'avambraccio: l'impronta inconfondibile di un morso. Il cane di Benedetto Clerici aveva cercato di vendicare il suo padrone.

Andrea gli strappò la mascherina.

Riconobbe il volto su cui era dipinta un'espressione di livore e di disprezzo perché lo aveva visto nelle foto che gli aveva mostrato Kate: era quello di Augusto Centi.

CAPITOLO SETTANTA

LE MANCAVA LA SUA AMICA.

Le mancava la sua voce quando ritornava dall'agenzia e, stappata una bottiglia di buon vino, si toglieva le scarpe e si lasciava cadere sul divano, ripiegando le gambe sotto di sé, e cominciava a raccontarle la sua giornata.

Le mancavano le loro chiacchierate notturne tra tisane e caffè.

Le mancavano i momenti in cui gustavano qualcuno dei manicaretti di Maria, discutendo magari sul suo ultimo caso o sulla prossima avventura di Celia.

Grazie al cielo Andrea era riuscito ad arrivare in tempo, ma Emma si sarebbe ripresa?

Il prezzo che aveva pagato per quell'indagine era stato troppo alto. I giorni passavano e lei era ancora in coma al Valduce. La prognosi era sempre riservata e i medici non si sbilanciavano.

Kate guardò fuori. Nonostante il sole illuminasse il lago, provava una sensazione opprimente, come se un peso le gravasse sul petto e le impedisse di respirare.

Pensò a Emma, alla sua allegria contagiosa, alla sua generosità e alla sua capacità di empatia. Se Kate era viva era per merito suo, della sua prontezza di spirito, della sua intelligenza. Per ben due volte l'aveva salvata dai piani folli di Daniel Taylor. Era grazie a lei che la sua vita si era, a poco a poco, trasformata. Villa Mimosa non era più una bellissima prigione dorata, ma con Emma e Tommaso era diventata una vera 'casa', dove ritrovarsi, stare insieme e sentirsi una famiglia. Ora senza di lei sembrava improvvisamente vuota, priva di anima.

E se l'ematoma non si riassorbe? Se ha riportato danni irreversibili?

Scacciò quei pensieri. Tornò a guardare fuori: nel giardino la natura si stava risvegliando, un piccolo svasso nuotava proprio davanti al prato della villa, era il primo segno dell'arrivo della primavera. Aprì i vetri, chiuse gli occhi e respirò a pieni polmoni l'aria fredda.

Torna a casa Emma, ti stiamo aspettando.

In quel momento sentì bussare.

«Avanti.»

«Kate, Maria mi può accompagnare in ospedale?» chiese Tommy affacciandosi nello studio.

«Tesoro, oggi è sabato e alle due torna a casa sua.»

«Ma ha detto che se le dai il permesso mi ci porta!»

Kate sorrise, Maria aveva un cuore d'oro e si era anche affezionata a Emma e al bambino, avrebbe fatto qualsiasi cosa pur di vederli felici.

«Non ha bisogno del mio permesso, mi fa piacere se ti accompagna lei.»

«Voglio vedere la mamma, non è che sta morendo?» domandò Tommy con il candore un po' brutale dei bambini.

«Vieni qui» gli disse Kate aprendo le braccia per accoglierlo. «La mamma sta meglio» continuò, sperando che fosse vero. «Tornerà presto, stai tranquillo» aggiunse andando contro tutti i suoi principi. Ma il piccolo era sotto pressione e aveva bisogno di essere rassicurato.

Tommaso non disse niente, ma le cinse con forza le gambe, nascondendo il viso per non far vedere le lacrime che gli inumidivano gli occhi.

CAPITOLO SETTANTUNO

CENTI ERA SEDUTO AL TAVOLO DELLA SALETTA DEGLI interrogatori, la testa fra le mani, il busto piegato in avanti, i capelli spettinati. Se fino al giorno prima aveva cercato di mascherare il suo stato d'animo dietro un atteggiamento di arrogante superiorità, era bastata una notte in cella per sgretolare l'impalcatura. Andrea lo guardò: del grande performer che aveva incantato il pubblico restava poco. Vicino a lui era seduto il suo avvocato, che continuava a leggere le carte forse nella speranza di trovare qualche cavillo legale a cui aggrapparsi.

Si è reso conto che ha perso tutto.

Il vice questore entrò nella stanza e si chiuse la porta alle spalle.

Augusto Centi alzò lo sguardo verso di lui e Del Greco capì che avrebbe parlato.

«Non mi interessa sapere come» esordì senza preamboli, «tanto lo scopriremo lo stesso, è questione di tempo, ma perché, sì.»

L'avvocato stava per obiettare qualcosa, ma il performer lo bloccò con un gesto.

«Se collaboro, il giudice ne terrà conto?» chiese.

Andrea annuì.

«Glielo farò presente. Se è d'accordo, registriamo l'interrogatorio.»

Centi si voltò verso il suo legale prima che potesse intervenire:

«Giulio, va bene così. Voglio rendere una confessione piena.» Poi tornò a guardare Del Greco che aveva attivato l'apparecchio per la registrazione. «Perché. Mi chiede il motivo per cui è morto Benedetto? Semplice: aveva perso la testa. Dopo la morte di Michela si era rinchiuso in quella villa macerandosi nei sensi di colpa e quella sera, quando mi telefonò di nuovo, capii che ormai era fuori controllo. Prima o poi sarebbe crollato facendoci finire tutti in carcere. Non volevo perdere quello che avevo conquistato. In questi dieci anni ho lavorato sodo per emergere ed ora, per colpa sua, rischiavo di finire al posto di Cristiano. Non potevo permetterlo.» Parlava con voce pacata, priva di ogni emozione, come se la cosa non lo riguardasse. Andrea gli fece cenno di continuare. «Gli dissi di vederci a Nesso per parlare» riprese Centi «inventai che ero lì vicino per motivi di lavoro. Visto il tempo da lupi, immaginavo che non ci sarebbe stato nessuno in giro. Era il posto ideale per suicidarsi. Avevo chiesto aiuto a Laura. Era spaventata, ma anche lei non voleva finire in prigione. È bastato poco, un colpo in testa e una spinta. Ma il corpo non doveva incastrarsi tra le rocce, doveva finire nel lago. Mi sembrava perfetto. Il biglietto in cui confessava di aver ucciso Michela, il suo stato depressivo, pensavo che la Castelli si sarebbe accontentata. Dovevo solo recuperare il testo con la mia confessione.»

«Si spieghi meglio» intervenne Andrea, suo malgrado

colpito da tanta freddezza. «Perché ne aveva scritto uno anche lei?»

«Non solo io, ognuno di noi. Poi ce li eravamo scambiati. Era una sorta di assicurazione contro il rischio che qualcuno volesse lavarsi la coscienza.»

Andrea annuì. «Continui. Cosa ha fatto dopo aver spinto Clerici nell'orrido?»

«Ho preso le chiavi di casa sua che aveva lasciato in macchina e, mentre Laura tornava a Como, sono andato alla villa facendo il giro largo e passando per i campi, in modo da evitare l'ingresso principale e le telecamere. Sono entrato dalla porta di servizio e sono salito in camera di Benedetto ma, mentre stavo cercando il biglietto, quel maledetto cane mi ha aggredito e mi ha morso il braccio. Sanguinavo, perciò sono dovuto andare via di corsa.»

«È stato quel biglietto a denunciarvi» commentò Andrea.

Centi fece una smorfia.

«Doveva essere il nostro salvacondotto e invece è stato un boomerang. Benedetto mi disse che lo aveva nascosto e che, se gli fosse successo qualcosa, sarebbe arrivato alla polizia. Per questo volevo riprendermelo. Lui, dopo le visite della Castelli, era terrorizzato. Voleva che mi liberassi del pannello, l'aveva visto nel mio studio e aveva paura che ci avrebbe tradito.»

«E perché non l'ha fatto?» chiese Andrea.

Augusto Centi alzò lo sguardo verso di lui, gli occhi scuri adesso brillavano di una luce particolare.

«Perché non si può distruggere un'opera d'arte. Ma lei non può capire» disse tornando per un momento l'artista sprezzante che Andrea aveva conosciuto.

DIECI ANNI PRIMA – Interno atelier di Michela Sala
Michela si era raccomandata, dovevano raggiungerla alle sei e

mezzo. Perciò, dopo l'aperitivo, salirono in macchina e si diressero all'atelier che era anche casa sua.

Augusto prese la parola, con autorità. Sentiva ormai di poterlo fare, ed era convinto che fossero dalla parte della ragione. Non ci dovevano più essere figli e figliastri, le disse. Se li voleva ancora nello spettacolo, pretendevano di venire trattati allo stesso modo di Cristiano.

«Dobbiamo fonderci, essere un tutt'uno, un unicum. Devi lavorare con noi come fai con lui» dichiarò.

Gli altri lo appoggiarono. Forse per la coca che si erano sparati prima di arrivare, forse per l'alcool che avevano bevuto, nella stanza la tensione era alta, l'aria carica di aggressività. Michela, cosa mai successa, gli parve spaventata.

«Per me siete tutti uguali» obiettò.

Ma ad Augusto sembrò nervosa, esitante. Non la dea che tutti loro avevano messo sul piedistallo. Per la prima volta si sentì più forte di lei.

«Dov'è Cristiano?» le chiese.

«È andato via» si limitò a rispondere la performer, tesa.

Meglio così.

«Se dici che per te siamo tutti uguali, dimostracelo» disse allora facendo un passo verso di lei fino a invadere il suo spazio. Gli altri lo seguirono. Adesso Michela era circondata. Augusto, con i sensi acuiti dalla droga, ebbe la sensazione di sentire l'odore della sua paura.

«Dimostracelo» ripeté. «Completiamo l'ultimo pannello. Odino il guerriero, il distruttore. Sangue col sangue. Un'unica anima per un solo spettacolo.»

Michela esitò. Poi sollevò la testa con un rigurgito di orgoglio e lo fissò dritto negli occhi, come quando gli aveva detto che lo aveva soltanto usato per mandare un messaggio a Cristiano.

«Va bene» disse.

Gli strappò il taglierino di mano e si incise il braccio.

Augusto capì che voleva tenergli testa, dimostrargli che aveva ancora il controllo della situazione. Ma percepì il suo cedimento, una debolezza nuova che lo fece vibrare, gli diede una sensazione assoluta di potere che assaporò come fosse un vino pregiato.

«Il mio sangue sia il colore» disse Michela. «Uniamo i nostri umori...» alzò il braccio lasciando colare il liquido rosso sulla tela, poi si sdraiò a terra, offrendosi come essenza pura.

Lui non poté non ammirarla. Era splendida. Andò allo stereo e mise una compilation degli AC/DC. Le casse spararono a palla il rock duro della band australiana.

"I'm on the highway to hell
Highway to hell
I'm on the highway to hell
Highway to hell
Don't stop me"

Ebbri di alcool, di droga, di furore artistico sentivano l'adrenalina scorrere nelle vene come un fiume di lava. Augusto sapeva che gli altri provavano quello che provava lui. Glielo leggeva nello sguardo bramoso dalle pupille dilatate, nelle risate roche, nei movimenti scomposti ma carichi di energia vitale e selvaggia, nell'abbandono totale all'istinto primordiale. Quello che lei gli aveva insegnato.

Usarono i taglierini su Michela, sulla loro musa, la loro sacerdotessa che gli si offriva. Come un dono degli dei. Gebo. La runa di collegamento che li univa nel rito. La convergenza tra chi dona e chi riceve. Il sacrificio che porta alla nascita. E che li accomunava alla divinità. Solo loro, gli eletti. L'incisero sulla sua pelle e poi continuarono a tagliare per avere la materia prima, l'essenza di lei che dava vita all'arte, mescolarla ai colori e finire il pannello. La musica che pompava nella testa. Immagini che si scomponevano e si ricomponevano, il delirio della creazione. Poi vide il sangue che sgorgava a fiotti dalla vena recisa. Qualcuno - chi? lui stesso? un altro? non era in grado di dirlo - aveva affon-

dato troppo. La dea non era più una dea, solo un corpo insanguinato e privo di vita.

«CHI È STATO A UCCIDERLA?» chiese Andrea.

Centi scosse la testa.

«Non lo so. Non ce lo siamo chiesti. Che importava chi era stato? Era successo. Lei non c'era più ed eravamo tutti responsabili. Quando lo abbiamo capito lo shock ci ha fatto rientrare in noi. Ma ormai era troppo tardi per tornare indietro e non volevamo finire in prigione, così ebbi l'idea di far ricadere la colpa su Cristiano. Lui ci aveva sempre guardati dall'alto in basso, con sufficienza. Si credeva superiore a noi per il suo rapporto privilegiato con Michela. Avrebbe pagato per tutti, ci sembrava giusto così. Spesso lavoravamo nell'atelier, perciò le nostre impronte non sarebbero state un problema. Facemmo sparire i taglierini, prendemmo quello di Cristiano e lo sporcammo con il sangue di Michela, poi lo buttammo sotto un armadio, dove venne ritrovato. Erano le undici di sera quando ce ne andammo. L'ultima cosa che feci fu spostare indietro le lancette dell'orologio di Michela per crearci un alibi. Uscimmo uno dopo l'altro, evitando di farci notare. Io me ne andai per ultimo. Avevo promesso che avrei distrutto il pannello. C'erano le nostre firme. Il sangue di Michela e il nostro. Ma non ci riuscii. Era un capolavoro. Vita e morte fuse in modo inscindibile sulla tela. Per amore dell'arte mi sono tradito. Ma lo rifarei di nuovo, perché l'arte non si può distruggere.»

Andrea spense la registrazione e chiamò l'agente di guardia perché portasse via Centi, mentre l'avvocato riponeva i documenti nella cartella.

Non c'era altro da aggiungere.

CAPITOLO SETTANTADUE

Per quanto riguardava lui, il capitolo Centi era chiuso, ora toccava alla magistratura. Ma intanto chi ne aveva pagato le spese era stata Emma.

La *sua* Emma.

Andrea parcheggiò e si diresse verso l'ospedale. Gli faceva male vederla in quel letto ancora attaccata alle macchine, ma in un qualche modo era convinto che lei sentisse la sua presenza e che questo l'aiutasse nel recupero. O almeno voleva credere che fosse così.

Mentre attraversava il corridoio che conduceva alla Terapia Intensiva, non poté fare a meno di ripensare ai terribili momenti in cui aveva temuto di non riuscire ad arrivare in tempo per impedire ad Augusto Centi di portare a termine il suo piano criminale. Se avesse tardato solo di qualche minuto, il performer avrebbe avuto il tempo di fare l'iniezione d'aria nella flebo di Emma, provocando un'embolia gassosa dagli effetti letali.

Si rese conto in quel momento, con assoluta chiarezza, di cosa avrebbe significato per lui perderla. Ora lo sapeva. Non poteva più ignorare la forza dei propri sentimenti. Ma adesso la priorità era che lei si riprendesse. Tutto il resto doveva aspettare.

Una volta davanti alla porta della sua stanza la aprì e rimase immobile, gelato.

Era vuota.

Le ipotesi peggiori gli attraversarono la mente prima che riuscisse a ragionare

Avevano dovuto operarla d'urgenza perché aveva avuto un'emorragia.

Il suo cuore aveva ceduto.

Non è possibile! Non puoi avermi fatto questo!

Finalmente si riscosse e corse a cercare la caposala.

«Dove è la signora Castelli? Come sta?» la interpellò angosciato.

«Stia tranquillo, è tutto a posto» lo rassicurò l'infermiera. «I parametri vitali sono buoni e l'ematoma ha cominciato a riassorbirsi, perciò il professore ha deciso di provare a estubarla per verificare se è in grado di respirare da sola.»

Andrea ebbe la sensazione che la sua pressione precipitasse di colpo. Gli girava la testa e sentì il bisogno di appoggiarsi un attimo al muro, anche se cercò di non darlo a vedere.

«Posso aspettarla?» chiese.

«Certo, non dovrebbe mancare molto» rispose la caposala, tornando poi a occuparsi degli altri pazienti.

Il vice questore rientrò nella stanza di Emma. Prese il cellulare per controllare che non vi fossero messaggi e vide il selfie che si erano scattati pochi giorni prima al lago. Il cappello colorato, i grandi occhi azzurri pieni di allegria e quel sorriso dolce, irresistibile.

Torna da noi, Emma. Torna da me.

Alzò gli occhi e guardò fuori della finestra. La vita continuava. La gente si muoveva frenetica per occuparsi delle incombenze quotidiane. Solo lì dentro il tempo sembrava congelato. Sospirò. Aveva bisogno di lei, della sua allegria, della sua incoscienza. Aveva bisogno di Emma.

Ripensò a quando l'aveva trovata immobile a terra nel suo appartamento in fiamme, a quando in quel cantiere abbandonato aveva sentito uno sparo e aveva temuto di averla persa. Ma lei era viva. Ce l'aveva sempre fatta. E doveva farcela ancora.

La porta si aprì ed entrò una giovane infermiera.

«Buongiorno, buone notizie» lo salutò la donna. «Lei è un parente?»

«Sì» rispose Andrea d'istinto.

«Fra poco la riportano in camera. Respira da sola.»

Provò una gioia indescrivibile. Gli parve di riprendere a respirare insieme a lei.

Il suo viso doveva parlare per lui, perché la ragazza gli fece un grande sorriso, poi si portò un dito alle labbra.

«Io però non le ho detto nulla, mi raccomando» gli disse prima di lasciare la stanza.

Andrea non riusciva a star fermo. Camminava su e giù, consultando di continuo l'orologio. Quanto ci sarebbe voluto ancora? Perché non arrivavano? Era successo qualcosa? Avevano dovuto intubarla di nuovo?

Finalmente la porta si aprì e un portantino e un infermiere entrarono spingendo il letto su cui era adagiata Emma. Non aveva più il tubo endotracheale collegato al respiratore e ad Andrea parve una cosa meravigliosa. È incredibile come tutto ciò che ti sembra normale diventi eccezionale quando ti rendi conto che hai rischiato di perderlo, si disse.

Emma teneva gli occhi chiusi.

«Dorme?» sussurrò Andrea.

L'infermiere scosse la testa.

«No, ma è molto stanca.»

Poi i due salutarono e uscirono.

Andrea si avvicinò al letto senza fare rumore.

Le sfiorò la fronte con tutta la tenerezza di cui era capace.

Lei aprì gli occhi e lui si perse in quell'azzurro e gli sembrò un'altra cosa meravigliosa.

«Andrea...» mormorò Emma.

«Shhh» disse lui posandole un dito sulle labbra. «Sto qui con te, ma devi riposare.»

Un piccolo sorriso, che però gli parve più speciale di tutti gli altri.

Lei chiuse di nuovo gli occhi e Andrea pensò che doveva avvisare Kate: la scrittrice e Tommy dovevano sapere che Emma era tornata.

CAPITOLO SETTANTATRÉ

Simona aveva raggiunto Bollate combattuta tra la gioia e la paura di essere di nuovo rifiutata. Aveva avuto le due notizie contemporaneamente: Emma Castelli si stava riprendendo e Augusto Centi aveva confessato l'omicidio di Benedetto Clerici e quello di Michela Sala, scagionando completamente Cristiano. Non riusciva a credere che a breve sarebbe stato di nuovo libero.

Era la cosa più bella che le fosse capitata in quei dieci anni. Dieci anni in cui non aveva smesso di credere neppure per un istante nella sua innocenza. Dieci anni che nessuno avrebbe potuto restituire al fratello, si disse con amarezza. In quel momento però non voleva pensare a quello ma solo al fatto che Criso sarebbe uscito.

Mentre attraversava i corridoi che ormai aveva imparato a conoscere bene, si domandò angosciata se lui avrebbe accettato di vederla. Aveva chiesto all'avvocato e alla direttrice del carcere di poter essere lei a dargli la notizia ma adesso temeva di trovarsi ancora una volta di fronte al muro della sua ostilità. Le avevano detto che, dopo la visita di Emma Castelli, aveva

257

ricominciato piano piano a mangiare ma che, dopo aver saputo dell'aggressione all'investigatrice, aveva avuto un nuovo crollo. Sperava solo che non fosse troppo tardi per il suo fisico così provato. Il solo pensiero la faceva star male.

Entrò piena di trepidazione nella sala colloqui, sedette a uno dei tavoli e si guardò intorno, tesa. Poi lo vide.

Camminava appoggiandosi al secondino, ma non era sulla sedia a rotelle. Era di una magrezza impressionante ma, quando la raggiunse, Simona vide nel suo sguardo qualcosa che non c'era da molto tempo. Una scintilla. Un guizzo.

«Simi» disse. «È bello vederti. Mi sei mancata.» Parlava piano ma le parole erano chiare.

Simona sentì che gli occhi le si riempivano di lacrime.

Lui sedette.

«Mi dispiace» continuò. «Ero fuori di me, non avrei dovuto mandarti via.»

Lei gli prese le mani e le strinse, mentre il sollievo la sommergeva come un'onda gentile.

«Non importa, Criso» mormorò. «Conta solo che siamo qui insieme.» Lo guardò negli occhi sperando di riuscire a trasmettergli quello che aveva nel cuore. «C'è una cosa molto importante che devi sapere» continuò emozionata.

«Perché non mi hanno detto niente?» chiese lui.

Simona gli sorrise.

«Perché ci tenevo a darti io la notizia.»

Era speranza quella che leggeva in fondo allo sguardo di Cristiano? Desiderò con tutta se stessa che fosse così.

«Augusto ha confessato. È stato lui a uccidere Benedetto.»

Il fratello la guardò incredulo.

«Ma perché?»

«Perché il marchese non ce la faceva più a tenersi quel peso dentro e stava per confessare.»

La tensione alterò i lineamenti di Cristiano.

«Confessare cosa?»

Simona fece un profondo respiro e strinse con più forza le mani del fratello.

«Che a uccidere Michela sono stati tutti loro.»

Lui la fissò sgomento.

«No» mormorò. «No, non può essere... loro la veneravano... non avrebbero mai fatto una cosa del genere.» Scosse la testa. «È impossibile.»

«Quando le persone sono fuori controllo possono uccidere anche i loro dei» disse Simona con voce triste.

E gli raccontò tutto.

Alla fine Cristiano rimase in silenzio. Lei sapeva che ci sarebbe voluto tempo per metabolizzare quello che aveva appena saputo.

«Mi dispiace, Criso» gli disse con dolcezza. «Davvero.»

«Ancora non riesco a crederci... È finita» mormorò lui.

«L'avvocato ha fatto un'istanza al magistrato di sorveglianza per sospendere la pena per grave danno alla persona» gli spiegò. «Ormai è solo questione di giorni.»

«Se non era per te, sarei rimasto a marcire qui dentro, Simi.»

«Ho sempre saputo che eri innocente. Ed ero convinta che Emma Castelli non si sarebbe fermata fino a quando non fosse arrivata alla verità.»

Cristiano sospirò.

«Ci ha quasi rimesso la vita. Come sta?» le chiese.

«È fuori pericolo, grazie al cielo. E non potrò mai ringraziarla abbastanza per quello che ha fatto.»

Lui annuì. Poi abbassò lo sguardo e sembrò perdersi nei suoi pensieri.

«Se non fossero stati gelosi di me, se non mi avessero odiato tanto, Michela sarebbe ancora qui, non sarebbe morta inutilmente» disse alla fine.

Simona pesò con cura le parole. Non voleva che lui si chiudesse di nuovo.

«Ascoltami, non è così. Non puoi prenderti la colpa di quello che è successo. Hai già espiato abbastanza per qualcosa che non hai fatto. Anche Michela aveva la sua responsabilità.»

A quelle parole lo sentì irrigidirsi.

«Lo so che lo faceva in nome dell'arte» proseguì Simona «ma ha creduto di poter controllare quello che aveva scatenato e invece ne è rimasta travolta. Ha rischiato troppo e ha distrutto la vita di cinque persone, pagando il prezzo più alto.»

«E io non ero lì a difenderla. Questo non potrò mai perdonarmelo.»

Simona tacque e gli fece una carezza. Voleva solo che lui sentisse che gli era vicina. Nient'altro contava in quel momento. Sapeva che Cristiano avrebbe continuato ad amare la donna che gli aveva devastato l'esistenza, ma sapeva anche che suo fratello ora poteva tornare a vivere. Vicino, lontano, ma comunque libero. E questo grazie a Emma Castelli, alla sua caparbietà, al suo intuito, alla sua intelligenza. Senza di lei Cristiano sarebbe rimasto l'assassino di Michela Sala, non la vittima di un complotto generato dall'odio.

CAPITOLO SETTANTAQUATTRO

L'ARRESTO DI CENTI E DEI SUOI COMPLICI AVEVA FATTO notizia. L'omicidio di Michela Sala era tornato alla ribalta della cronaca ed era stato ribattezzato 'il delitto del cerchio magico', con riferimento alla ritualità legata ad antichi culti misterici e orgiastici. Erano stati pubblicati brani del quaderno della performer ed esperti di esoterismo erano ospiti d'onore dei talk show, dove sproloquiavano sulle prerogative magiche delle rune celtiche, sulla loro misteriosa simbologia e sul loro potere evocativo e distruttore. Tutti i media facevano a gara nel trasmettere servizi sull'argomento, corredati di biografie dei protagonisti.

Quel giorno Kate si era soffermata su uno in particolare, in cui si metteva il fuoco sulle prove a carico degli indagati. Le immagini riprendevano l'irruzione della polizia nello studio di Centi e il sequestro dei quadri e del pannello che faceva parte del trittico di Odino, scenografia della performance mai realizzata di Michela Sala.

«Un'analisi condotta dalla scientifica sul pannello ritrovato nello studio di Augusto Centi ha inchiodato il celebre perfor-

261

mer, Laura Molteni, la moglie del futuro candidato sindaco, e
Claudio Pellizzari, il figlio dell'industriale bergamasco» spiegava lo speaker a commento delle immagini. «È con il loro
sangue e con quello della Sala che venne dipinto il pannello,
come ha dimostrato la prova del DNA. Dalle confessioni degli
arrestati risulterebbe che sia stata proprio la performer,
durante l'ultima sessione nel suo atelier, a istigare i giovani a
dipingerlo utilizzando i loro umori corporei, tra cui il sangue.
Una forma di arte estrema teorizzata da Michela Sala che, a
causa di un mix di droga e alcool, si è rivelata fatale per l'artista milanese. Dalla ricostruzione dei fatti risulta che i
quattro ragazzi, con gli stessi taglierini usati per dipingere il
pannello, incisero la pelle della donna per utilizzare il suo
sangue come colore. Questo spiega i tanti piccoli tagli riscon-
trati sul suo corpo, nessuno grave se si esclude quello che ha
troncato la giugulare. Chi sia stato a infliggere la ferita
mortale non è dato saperlo, ma i quattro decisero di comune
accordo di far ricadere la colpa sul Di Donato. Centi e la
Molteni hanno già chiesto il patteggiamento, al contrario di
Pellizzari, che si è discostato dalla difesa degli ex colleghi e
non intende farlo.»

Seguivano le immagini delle volanti su cui venivano
portati via in manette Claudio Pellizzari e Laura Molteni.

«A giorni Cristiano Di Donato verrà scarcerato dopo dieci
lunghi anni» riprendeva il giornalista, mentre veniva inquadrata una vecchia foto del giovane. «Il suo fu un processo
indiziario che non tenne conto di molti fattori che si sono
rivelati invece decisivi per l'indagine condotta dalla nota investigatrice privata Emma Castelli, che nel giro di pochi mesi è
riuscita a risolvere ben due *cold case*.»

In quel momento suonò il citofono. Kate spense la televisione e si alzò per andare ad aprire mentre sentiva Tommaso
che scendeva di corsa le scale gridando:

«Questa è la mamma!»

Maya, che Andrea aveva lasciato da loro per andare a prendere Emma, lo seguiva a ruota, ugualmente eccitata.

Kate guardò sul monitor e la vide. Andrea avrebbe voluto sorreggerla ma lei, nonostante quello che aveva passato e i giorni in ospedale, non aveva perso la sua aria battagliera e procedeva da sola. I lunghi capelli erano raccolti in una coda bassa, il sorriso era aperto e contagioso come sempre.

Quanto mi è mancata.

Mentre spingeva il pulsante dell'apertura del cancello, Tommy si precipitò in giardino per andare incontro a sua madre. Kate, incapace di uscire, lo seguì con lo sguardo, restando sull'uscio.

Finalmente a casa.

La scrittrice sorrise intenerita vedendo Emma chinarsi per accogliere il piccolo fra le braccia e stringerlo a sé. Tommaso era talmente felice che sembrava non volerla più lasciare.

Ha solo lei, pensò. Poi si riprese. *Non è vero, ora ha anche me.*

Andrea li superò, portò in casa la valigetta con gli effetti personali di Emma e scompigliò affettuosamente i capelli della figlia.

«Cosa hanno detto i medici?» chiese Kate.

Lui sorrise.

«Che è una roccia. L'ematoma si è riassorbito e non ci sono stati problemi. Anche questa volta qualcuno da lassù l'ha protetta.»

Kate annuì. Non era credente e le risultava difficile pensare che vi fosse un'entità superiore che gestisse i loro destini, ma di sicuro avevano avuto una buona stella che aveva vegliato su di loro.

«Dimmi la verità, questo mascalzone come si è comportato in questi giorni senza di me?» le chiese Emma salendo i gradini e cercando di stemperare l'emozione con una battuta.

«Benissimo. Lo sai che noi due abbiamo un'intesa speciale» rispose Kate. Poi finalmente l'abbracciò forte. «Mi sei mancata, non farlo più.»

Non avrebbe mai creduto di poter esternare così apertamente i propri sentimenti, ma forse la vicinanza dell'amica l'aveva un po' cambiata e quello che pensava essere impossibile ora non lo era più.

MARIA SI SUPERÒ con i suoi piatti più apprezzati. Fu una bellissima serata tra amici. Bruno Basile li raggiunse a cena per controllare che la 'sua ragazza' fosse davvero in buone condizioni. La madre di Emma chiamò da Kathmandu, protestando perché era stata tenuta all'oscuro di tutto e a nulla servirono le giustificazioni di Kate sull'impossibilità di rintracciarla nel suo eremo in Nepal. Ma si sentiva che Lucrezia era commossa e promise di abbreviare il viaggio per tornare a riabbracciare la figlia e il nipotino.

Quando poi, verso le undici, Emma cominciò a essere stanca, Andrea fu il primo a rendersene conto e a dire che si era fatto tardi.

«Sicure che volete che lasci Maya a dormire qui?» chiese poco convinto.

«Tranquillo» rispose Emma sorridendo. «Domani li porterà a scuola il marito di Maria e ormai sono abbastanza grandi per vestirsi da soli. E poi sarebbe impossibile separarli stasera, sono troppo eccitati» aggiunse vedendo i due bambini correre da una parte all'altra del salone.

«Allora grazie. Tu però prenditi qualche altro giorno, nessuno ti corre dietro e non devi sottovalutare quello che ti è successo» si raccomandò lui avviandosi verso il corridoio.

Emma, che lo stava accompagnando alla porta, si fermò e si portò la destra sul cuore, alzando l'altra mano.

«Promesso.»

«Non scherzare, questa volta ci hai fatto prendere una bella paura, lo sai?» L'espressione del volto di lui era terribilmente seria ed Emma percepì tutta la forza del suo sentimento. Andrea le prese una ciocca che era sfuggita alla coda e gliela mise dietro l'orecchio. Il volto vicino al suo. Gli occhi incatenati ai suoi.

«Non voglio più passare quello che ho passato in questi giorni» riprese. «Io rispetto le tue scelte, ma non posso reprimere quello che provo per te, perché non è amicizia, è qualcosa di più e di molto prezioso, che non posso e non voglio soffocare. Perciò, se non vuoi farlo per te, per Tommy o per Kate, ti prego almeno di farlo per me. Stai attenta, cerca di non metterti in pericolo, non potrei sopportare di perderti.»

Emma si rese conto che neppure lei poteva più ignorare i propri sentimenti. Ci aveva provato, ma non ci era riuscita. E gli avvenimenti degli ultimi giorni, l'intervento di lui che aveva impedito a Centi di ucciderla, il trovarlo accanto a sé quando si era risvegliata dal coma, le sue parole e lo sguardo che le stava rivolgendo non facevano che rafforzare quello che ormai non poteva più negare neppure con se stessa.

Si alzò in punta di piedi, cercò le sue labbra e lo baciò.

RINGRAZIAMENTI

Eccoci qui per ringraziare tutte le persone che ci sono state vicine in questo nuovo e appassionante viaggio insieme alle nostre eroine.

Come sempre non possiamo fare a meno di dire grazie a Patrizia Fassio per il suo occhio critico e attento, senza di lei ai nostri libri mancherebbe qualcosa.

Un grazie speciale a Giulia Beyman, compagna di crimini e valido sostegno tecnico per la pubblicazione e la revisione de "L'Ultimo Verdetto".

Grazie alla dottoressa Paola Rocco, che con i suoi preziosi consigli ci ha aiutato a tenere psicologicamente in asse il personaggio di Cristiano.

Grazie alla professoressa Paola De Sanctis Ricciardone, appassionata giallista e irrinunciabile beta reader.

Grazie a Valentino Maimone, giornalista che da oltre vent'anni si occupa di errori giudiziari e ingiusta detenzione, che si è volentieri prestato a parlarci della sua esperienza.

Grazie a Luca Fogliano, il nostro super esperto informatico, sempre pronto a darci una mano.

Grazie all'avvocato Stefano Rubeo, che ci aiuta a districarci nei meandri del codice penale.

Grazie a Debbie di *The Cover Collection* per la sua copertina, essenziale ma indimenticabile.

Grazie a Francesco e Marco per il sostegno e la pazienza con cui ci hanno sopportato e supportato in questi mesi di scrittura.

Grazie a Maria Paola Romeo, la nostra agente, che segue dall'inizio le vicende di Emma & Kate e fa il tifo per loro (e per noi).

Infine grazie a voi lettori che avete scelto di seguire le avventure delle nostre due amiche e ci siete vicini con i vostri commenti e con le vostre recensioni per noi preziosissime. Grazie di cuore perché è proprio per voi che ci sentiamo un po' speciali: siete diventati dei veri amici che speriamo di non deludere mai.

ALTRI LIBRI DI FLUMERI & GIACOMETTI

SERIE EMMA & KATE
CHIEDI AL PASSATO (Emma & Kate vol 2)

FALSE VERITÀ (Emma & Kate vol 5)

GIALLI
PER POCO AMORE (gratis su www.flumeriegiacometti.it)

GUIDE
SCRIVERE CRIME FICTION

IN PERFETTA FORMA CON LE GIUSTE COMBINAZIONI ALIMENTARI

COMMEDIE ROMANTICHE
L'AMORE È UN BACIO DI DAMA (Sperling & Kupfer)

I LOVE CAPRI (Sperling & Kupfer)

TI DOMERÓ (Sperling & Kupfer)

SCRIVILO SULLA MIA PELLE (Sperling & Kupfer)

PROFUMO DI TE (Sperling & Kupfer)

QUESTO AMORE COSÍ VIOLENTO

QUESTIONE DI PELLE (gratis su www.flumeriegiacometti.it)

VOGLIO UN AMORE DA SOAP (Emma Books)

PER AMORE E PER MAGIA (Emma Books)

STUNT LOVE (Emma Books)

IL COLORE DELLA PASSIONE (StuntLove 1.5)

CUORI CONTROVENTO (Emma Books)

CHEZ MOI

L'AMORE È…

LE AUTRICI

Elisabetta Flumeri e Gabriella Giacometti sono da anni una collaudata coppia creativa. Hanno esordito come autrici di romanzi rosa per poi passare a testi per la radio e la pubblicità, nonché alla realizzazione di soggetti e sceneggiature per serie tv italiane di grande successo (come Carabinieri e Incantesimo). Nello stesso tempo hanno lavorato come editor e supervisori di fiction tv, hanno tenuto corsi di scrittura creativa e collaborato con riviste e periodici.

Amano cimentarsi in generi diversi, dalla commedia al sentimentale, dal legal al dramma in costume fino al thriller e al poliziesco.

Hanno pubblicato commedie romantiche con Sperling & Kupfer (i cui diritti sono stati venduti negli USA, in Spagna, Francia, Germania, Bulgaria, Polonia e Israele) ed Emma Books.

Oltre all'amore per la scrittura e le proprie famiglie, condividono la passione per il cinema, la cucina e gli animali.

L'ultimo verdetto è il settimo capitolo della fortunata serie di Emma & Kate scritta a otto mani con Giulia Beyman e Paola Gianinetto, inaugurata da Amazon Publishing nel 2019 con *E niente sia* di Giulia Beyman. Sono seguiti *Chiedi al passato*, sempre di Flumeri & Giacometti, *L'ultimo battito d'ali* di Paola Gianinetto, *Se nel buio* a firma di Giulia Beyman,

False Verità di Flumeri & Giacometti, *Nel tuo silenzio,* di Giulia Beyman e ora *L'ultimo Verdetto,* Flumeri & Giacometti.

Per essere in contatto con Elisabetta e Gabriella:
www.flumeriegiacometti.it
info@flumeriegiacometti.it

Sulla Home Page del sito è possibile iscriversi alla Mailing List di Elisabetta e Gabriella, per avere aggiornamenti su promozioni, presentazioni, nuove uscite.

Manufactured by Amazon.ca
Bolton, ON